© 2024 Max Angely
Édition : BoD · Books on Demand, 31 avenue Saint-Rémy,
57600 Forbach, bod@bod.fr
Impression : Libri Plureos GmbH, Friedensallee 273,
22763 Hamburg (Allemagne)
ISBN : 978-2-3224-7941-2
Dépôt légal : Janvier 2025

Max Angely

Charentaises à vendre

Roman

Pour ma grand-mère, Zélia, que je n'ai jamais connue.

Lundi 1er septembre 2014

Enchantée. Moi, c'est Zélia, j'ai 80 ans et je ne suis pas encore morte. Mais ça va changer. Je suis en très bonne santé, un moral d'acier, une bonne vue, même pas sourde. Et je compte bien rester ainsi tant que mon but n'est pas atteint. Je commence aujourd'hui ce blog papier. Si le temps qu'il me reste dans cette vie me le permet, je le digitaliserai au format .doc pour les amateurs de liseuses. Je préfère écrire, sentir le papier glisser sous ma main : ce contact avec mon épiderme me ramène à la réalité.

Ce n'est pas vraiment un journal intime : plutôt une ébauche d'un possible plan de sauvetage.

J'ai emménagé aujourd'hui à la maison de retraite « les Bleuets », dans le département de l'Eure. Ma chambre, orientée plein sud, offre une vue imprenable sur les chênes d'un immense jardin fleuri où des moineaux piaillent en réponse aux rayons du soleil. Une brise légère et parfumée a remplacé les effluves corporels laissés par mon prédécesseur : Yves. Sous le lit, un vieux chausson troué au niveau du gros orteil a été oublié. Yves va avoir mal au pied gauche dans l'au-delà, surtout si les braises sont rouges. Son prénom n'a pas encore été effacé de l'ardoise à l'entrée de ma chambre.

Bientôt, ce sera mon prénom qu'on effacera de cette ardoise. Mieux que ça : je l'effacerai moi-même avant de rendre l'âme et j'y dessinerai un truc obscène. Vous pensez que j'ai des idées suicidaires ?

Vous n'y êtes pas du tout ! Quoique… c'est une solution rapide et efficace. Mais il faut d'abord que j'y réfléchisse.

Un de ces volatiles s'est posé tout à l'heure sur le rebord de ma fenêtre et a commencé à me raconter sa vie en chantant. Vu que c'est désormais chez moi ici, je lui ai balancé la vieille charentaise molletonnée de feu Yves d'un geste vif. Il s'est enfui en me gratifiant d'une plume qui a virevolté pour venir terminer sa danse joyeuse dans la paume de ma main tendue. Sympathique cure-dentier finalement : merci, petit oiseau !

J'ai rarement pu décider par moi-même des grandes lignes de ma vie, ou alors je n'ai pas fait les bons choix. Mais ça va changer. Personne ne me dira comment quitter la scène, car désormais, c'est moi qui la dirige.

Maintenant que ces menues présentations sont faites, je vais prendre le temps de poser mes valises, d'apprendre les us et coutumes locales afin de gérer mon nouveau territoire.

À lundi prochain.

Lundi 8 septembre 2014

La chambre 18 m'est désormais officiellement attribuée : Zélia. Comme ils avaient oublié de mettre l'accent sur le « e », j'ai effacé l'ardoise jusqu'à ce qu'ils comprennent. Ils ont mis du temps quand même... 4 jours ! À chaque oubli, j'ajoutais, en douce, de gros accents à tous les « e » des prénoms de mes voisins de couloir, avec la craie subtilisée dans la poche de Fabienne, l'aide-soignante. Un point pour moi. Chaque « e » s'est ainsi transformé en « é ».

À la suite de cette gymnastique littéraire, je ne me suis pas faite que des amis :

Martine n'a pas apprécié. En revanche, Blaise a trouvé le résultat original et a même ajouté sa touche personnelle en effaçant le « L » de son prénom.

— Ça me rappelle des souvenirs ! a-t-il dit dans un grand sourire jaunâtre entartré.

Du coup, je lui ai prêté mon unique cure-dentier : il en a davantage besoin que moi, apparemment... Et puis, de toute façon, il y a encore beaucoup de moineaux dans le jardin des Bleuets ; quant aux charentaises inutiles, ce n'est pas ce qui manque ici.

J'ai cependant eu pitié de transformer Dominique en « Dominiqué » eu égard à son équipement en fauteuil roulant : l'ardoise nominative est trop haute pour elle. J'ai épargné également Renaud qui est dialysé : le jeu de mot aurait été malvenu dans ces circonstances.

Quant à Étienne, (ne reconnaissant pas son nouveau prénom sur son ardoise), il a arpenté le couloir tout un après-midi en répétant inlassablement devant chaque porte :

— Eh bé non... C'est pas là non plus, zut.

Il parait qu'il a besoin d'exercice, Étienne, pour éviter les escarres.

Ce que je n'avais pas prévu, c'est que Martine allait porter plainte auprès du directeur de l'établissement, menaçant de faire une grève de la faim si le ou la coupable ne se dénonçait pas rapidement. Monsieur le directeur a choisi le moment du repas pour venir nous faire un laïus sur le respect de la vie en communauté, sur le fait que nous étions des adultes responsables, qu'il était extrêmement déçu par ce genre de comportements dignes d'une cour de récréation de maternelle et blablabla... Comme personne n'a répondu, notre dessert fut remis en cause : Indignation générale traduite par un *Ooohhh* decrescendo de déception collective, dont aurait été fier un chef de chœur exigeant.

À la fin de cette note musicale explicite, Blaise fit quelques vocalises accompagnatrices. Je cite :

— Pour une fois qu'il se passe quelque chose de marrant dans cette baraque de vieux croulants, elle va pas nous faire chier, LA Martine ! (Quel poète !)

Tout le monde a applaudi. Même Étienne qui n'avait rien compris. Martine s'est mise à pleurer et nous a montré ses fesses en disant qu'elle avait reçu des centaines de coups de martinet dans son enfance et qu'elle en avait encore les marques. Nous, on n'y a vu que des vergetures, mais on n'a pas osé la contredire. Étienne était tellement ému de voir les fesses charnues de Martine qu'il s'est étouffé avec son bout de pain. On a dû lui tapoter le dos pour qu'il le recrache : mission accomplie directement dans le verre de Renaud. Monsieur le directeur, d'un air gêné, s'est empressé de calmer Martine et lui a chuchoté de remonter sa culotte.

— Pas de dessert ce midi, mes gens ! a décrété monsieur le directeur en colère, et déjà moins gêné d'un seul coup.

Ensuite, il est reparti avec Martine, toujours en pleurs. Presque tout le monde fut déçu de l'ajournement précipité du menu du jour. Il faut dire qu'ici, les habitudes sont bien ancrées. Chaque déviance inopinée est assimilable à un tremblement de terre à échelle 12 sur le planning des Bleuets.

Sur les 28 résidents, seuls 4 restèrent à table. Blaise, Renaud, Étienne et moi.

— Ils sont tous partis chercher le dessert ? demanda Étienne.

— Non Étienne, pas de dessert aujourd'hui ! répondit Blaise.

— On n'a pas de dessert parce que Martine a montré ses fesses ?

— Oui, si tu veux, soupira Blaise pour clore le sujet.

— Ah bon… Faut s'inscrire sur quel planning pour choisir entre dessert ou les fesses de Martine ? C'est nouveau ? On a le choix du postérieur ou c'est que Martine qui montre ses…

— Étienne ! Ça suffit ! aboya Fabienne qui venait d'entrer dans le réfectoire. Allez donc dans la salle télé pour regarder votre nouvel épisode des « *Étincelles foudroyantes de l'amour* ! »

— Ah oui, c'est l'heure, dit Étienne en se levant avec une soudaine souplesse. J'espère que Dylan aura réussi à se faire Kelly avant que Bryan ne rentre de son travail parce que la dernière fois, c'était moins une avec Kimberley qui revenait du brunch de chez Jennifer alors que…

Je voulais vous donner une petite idée de l'ambiance des Bleuets. Il n'y a rien de tel qu'un petit conflit anodin dans un groupe de personnes pour savoir à qui on a affaire.

J'ai oublié de vous préciser que je ne suis pas ici par plaisir. Le parcours de ma vie m'y a contrainte. C'est d'ailleurs un des seuls points communs que j'ai avec la plupart des pensionnaires de la maison de retraite des Bleuets. Du moins pour ceux qui sont à quasi 100% de leurs capacités intellectuelles et physiques, comme Blaise par exemple.

Beaucoup de résidents se sont résignés en s'appropriant les habitudes locales comme une nouvelle raison de vivre. Plus rien ni personne ne les attendant ailleurs, ils se confortent dans cette nouvelle demeure où ils sont logés, nourris, blanchis, chauffés et dirigés. Les habitudes sont rassurantes et les éloignent ainsi d'un monde qui leur échappe peu à peu. Ils attendent le dernier train comme une mauvaise pochette surprise.

Je n'aime pas les surprises, ni les cadeaux. Il y a souvent une contrepartie à un cadeau, ce n'est jamais gratuit : un retour est toujours attendu, de manière implicite, quoiqu'on dise.

La liberté. Le choix. Je veux être libre de choisir mon dernier train, sans dépendre de qui que ce soit. Mais avant, je dois étudier les différents voyages possibles, je dois trouver lequel me fera oublier que ma vie n'a été que soumission, flanquée derrière mon sourire de gentille bonne femme.

Martine m'a donné une idée aujourd'hui : et si, avant de partir en fumée dans l'indifférence totale, je privais de dessert le principal coupable de ma déchéance ? J'ai l'avantage de connaître le responsable : un régime draconien lui siéra si bien … À lundi prochain.

Lundi 15 septembre 2014

Daniel, chambre 13, est mort dans son lit mardi. Une «
belle mort », comme on dit avec envie quand on sait que
son tour approche : dans son sommeil. La veille, il avait
promis à Lucette une revanche dont elle se souviendrait
au scrabble (Lucette avait gagné en ajoutant juste un W
entre 2 E alors que cela faisait presque 2 heures que la
partie avait débuté). Daniel avait pesté en disant que
gagner avec juste une lettre, ce n'était pas équitable (sur
quoi Lucette avait répliqué en adaptant la célèbre
réplique de la publicité du Loto : « C'est l'jeu mon pauv'
Daniel ! ») Demain, elle verrait ce qu'elle verrait la
Lucette ! Parole de Daniel.

Ce fut la première et dernière fois qu'il ne tint pas sa
promesse au scrabble avec Lucette. Depuis plus de 4 ans,
la table du fond leur était réservée tous les jours de 15 h à
17 h, et malgré son côté mauvais perdant, jamais Daniel
n'aurait évincé ces rendez-vous culturels.

La table du fond resta vide et le regard de Lucette aussi
en cette journée de mercredi. Personne ne toucha au
scrabble, certains par respect, d'autres par superstition.

CAS n°1 : La mort naturelle.

Elle plane partout, tous les jours, n'importe où, à tout âge.

Elle peut être :

- Soudaine : arrêt cardiaque, rupture d'anévrisme… Comme une coupure d'électricité imprévue sur une machine à laver : le tambour s'arrête de tourner, laissant le linge noyé dans son eau sale, avec le hublot bloqué par la sécurité.
- *Silencieuse* : pendant le sommeil, comme Daniel ; on s'endort avec des projets de revanche sans se douter que la partie est bel et bien terminée.
- De vieillesse : elle empiète notre territoire sournoisement, en douceur.

D'abord imperceptible, elle nous parle d'une toute petite voix, mais nous l'occultons inconsciemment ; puis, une fois qu'elle est devenue notre amie imaginaire, fatigués par les mouvements et les sons qui nous entourent, nous la désirons patiemment, tel un soulagement.

Avantages : aucune préparation psychologique, donc aucune appréhension dudit candidat potentiel. La souffrance est souvent moindre, voire inexistante. Dans les cas où elle est présente, l'absence d'information préalable permet au futur condamné de mieux la subir. Pas le temps de tergiverser sur la conduite à tenir auprès des proches, donc des soucis en moins.

Inconvénient : si l'on a des affaires à régler avant de partir, c'est trop tard. Bien sûr, je ne m'en rendrais plus compte une fois le courant coupé… C'est pour cela que je dois garder les yeux ouverts, pas comme Daniel.

À lundi prochain.

Lundi, 22 septembre 2014

Mercredi, j'ai surpris Monsieur le directeur avec Fabienne dans une position plutôt… gênante pour eux, quand ils verront la vidéo que j'ai réussie à prendre avec le téléphone portable de Blaise. C'est son fils qui le lui a donné. Blaise me l'avait prêté pour que je puisse le photographier pendant qu'il urinait dans la fontaine du jardin alors que les autres regardaient « *Amour, Gloire et Yaourt* ». Blaise voulait envoyer cette photo à son fils pour lui montrer qu'il s'éclatait aux Bleuets. J'avais oublié de le lui rendre et c'est justement ce que je m'apprêtais à faire lorsqu'en passant devant le bureau du directeur, je fus stoppée dans mon élan par des bruits suspects provenant de la porte. J'ai d'abord cru que quelqu'un essayait de sortir du bureau sans y parvenir. Mais la poignée ne bougeant pas, ma curiosité a pris le dessus.

Le bureau de Fabienne est juste à côté de celui du directeur, ce qui est bien pratique pour commu-niquer, si vous voyez ce que je veux dire. Surtout qu'à l'intérieur, une porte permet un accès direct au bureau du directeur, évitant ainsi d'avoir à repasser par le couloir. Fabienne, censée être en service, n'avait pas fermé son bureau. J'y suis donc entrée facilement. La seconde porte (celle qui est bien pratique pour communiquer) était entr'ouverte. Les bruitages continuaient et j'en ai perçu d'autres de natures différentes. Des gémissements, parfois à l'unisson, parfois se donnant la réplique. Regardant par la porte entr'ouverte, j'aperçus Monsieur le directeur et Fabienne en plein essorage contre la porte. Ils prirent ensuite la position de la planche à repasser sur le bureau, faisant valser sur le sol les dossiers médicaux des résidents.

Voulant rester discrète, j'ai passé la main dans l'ouverture de la porte, téléphone en mode vidéo, caméra dirigée vers le bureau branlant. Leurs mains jointes contre le bord du bureau exhibaient leurs alliances mutuelles… mais pas communes. Je suis sortie aussi discrètement que possible avant la fin, profitant du silence rompu par les amants déchaînés.

Une fois dans ma chambre, j'ai visionné mon premier court-métrage.

Conclusion : pourquoi payer une chaîne câblée spécifique alors qu'il y a tout ce qu'il faut aux Bleuets, à portée de couloir ?

Le plus triste dans l'histoire, c'est que j'ai dû mentir à Blaise en lui disant que j'avais perdu son téléphone. Pour l'instant, je n'ai aucun moyen de copier cette vidéo compromettante et je ne crois pas que ce soit une bonne idée de mettre Blaise dans la confidence : j'ai un doute sur sa capacité à garder l'information pour lui. En même temps, je le comprends : il n'en verrait pas l'utilité. Alors que moi, la vie m'a appris que pour obtenir quelque chose, compter sur la gentillesse d'autrui n'est pas toujours la meilleure solution.

ooo

Juillet 1942

J'ai fugué de chez mes parents à l'âge de 8 ans. Mon père me battait à coup de ceinture et ma mère était alcoolique. Elle ne m'aimait pas car j'étais un accident de parcours : un soir, mon père s'était endormi juste après l'acte conjugal obligatoire et ma mère n'a pas eu la force de repousser son quintal à temps. Voilà l'histoire romantique du jour de ma conception. À la suite de la déblatération de ce récit à qui voulait l'entendre, le surnom de mon père devint « Le Quintal ». Mon père était fier d'avoir un tel surnom, tapotant des deux mains son bas-ventre à son évocation.

Mes concepteurs tenaient un bar en centre-ville, ouvert jusque très tard dans la nuit. J'ai deviné assez tôt qu'ils ne commerçaient pas que l'alcool ou le jeu : la contrebande en tout genre complétait le tout. Chaque proposition – qu'elle vienne d'un vagabond ou d'un homme d'affaires – était étudiée et négociée scrupuleusement. Dans ces moments-là, l'alcool et les chuchotements coulaient conjointement et cela se terminait toujours par une poignée de main vigoureuse avec regards entendus.

Il y avait une pièce à l'arrière du comptoir dans laquelle mon père recevait aussi parfois des hommes en uniforme allemand, mais je n'ai jamais su quel genre de trafic s'y déroulait. Nous étions en 1942 et mes parents ne manquaient de rien.

Ma mère essayait parfois de dissuader mon père des magouilles qu'il avait l'intention d'entreprendre, mais elle était très vite remise à sa place et si les grossièretés de mon père n'y suffisaient pas, les coups pleuvaient. Donc elle buvait, pour trouver la force de penser à autre chose. Un soir, un homme avec un chapeau est entré dans le bar, a attrapé mon père par derrière et l'a menacé avec un couteau de boucher sous la gorge en lui disant qu'il avait une semaine pour rembourser tout l'argent qu'il devait à un certain Bob. Puis il est reparti tranquillement, les mains dans les poches de son imperméable sombre comme la nuit. Le soir même, mon père a fait venir ses acolytes, car il voulait mettre en place un réseau de prostitution nocturne dans l'arrière-boutique afin de rembourser Bob. Ses « amis » lui ont fait comprendre qu'en une semaine, ils n'auraient pas le temps de trouver des filles sans macs qui accepteraient des extras. C'est là que mon père a dit :

— Mais qui vous a demandé de trouver des filles, bordel !

En nous désignant du menton, ma mère et moi. Ma mère était encore ivre, pas moi.

J'ai attendu le milieu de la nuit et je suis partie ; en chemin, j'ai rencontré des hommes près d'un poste de police. Il faisait tellement sombre malgré l'éclairage des lampadaires que je n'ai pas reconnu le type d'uniforme. Je leur ai donné des papiers que mon père cachait dans un tiroir fermé à clé (clé qu'il laissait toujours près de son lit), en leur disant qu'il se passait des choses bizarres à cette adresse. Ils ont regardé les papiers, ont paru très surpris et m'ont demandé qui j'étais et où j'avais eu ces documents. Malgré leur accent, j'ai compris leurs questions et je leur ai répondu que j'habitais près d'ici, que j'avais entendu des bruits étranges près du bar et que ces papiers étaient par terre devant l'entrée du bar. Ensuite, je leur ai souhaité une bonne nuit et je suis partie. J'espérais que ces hommes en feraient bon usage.

ooo

Le samedi, les plus « chanceux » sont sur leur 31. C'est le jour des visites espérées. La douche est prise sans rechigner, les cheveux argentés mis en plis, les dentiers alignés, aucune chemise ne sort du pantalon chez les hommes et les femmes se sont parfumées. Fabienne a fleuri les tables de la salle de réception, une symphonie légère et joyeuse de Brahms est programmée en boucle. Les visités attendent les visiteurs. Tic-tac. Tic-tac. Tic-tac.

« L'horloge tourne, les minutes sont des rides. »

Ce sont souvent les mêmes visiteurs qui arrivent les premiers chaque semaine, sous les yeux inquiets des éventuels visités qui attendent leur tour.

Certains sont déçus, car personne n'est finalement venu. Ils jurent Dieu de Dieu, de ne pas se doucher le samedi suivant.

Ceux qui ne se sont pas douchés pour rien en profitent pour se plaindre auprès de leurs visiteurs afin qu'ils repartent avec un sentiment de culpabilité prononcé. C'est un jeu où les règles sont hypocrites. Chacun veut le bien de l'autre : la famille veut les meilleures conditions pour leur aïeul et le pépé est ravi de voir sa descendance s'épanouir. Pourtant, lorsque c'est nécessaire, chacune des parties se gardera bien de parler des choses essentielles, comme l'accompagnement vers la fin d'une vie, la peur que peut ressentir celui ou celle pour qui la fin se rapproche inexorablement ; la plupart du temps, les vrais mots, les émotions sont partagées en compagnie d'inconnus lors de la cérémonie finale. C'est à ce moment précis que la vie nous semble injuste, comme une soudaine révélation. Ce qui n'est pas juste, c'est de ne pas en parler, de ne pas crever l'abcès et de laisser le finaliste perdant gérer sa peur.

Mais comment dire ces choses-là ? Nous devrions apprendre. Comment trouver les mots adéquats ? Il faut penser avant tout à l'autre, pas à soi. Mais notre propre peur de mal vieillir nous submerge et prend le dessus sur l'altruisme.

Nous oublions tous quelque chose d'important pendant cette période de placement en maison de retraite : nous pourrions vivre encore tellement d'évènements intéressants ! Combien d'enfants ne voulant pas aller à l'école ou en centre aéré, en gardent finalement un excellent souvenir ? Bon d'accord, peu de personnes âgées auront l'opportunité d'évoquer leurs souvenirs de maison de retraite*.

Moi, j'ai de la chance : je n'ai pas de visite. Et je m'en porte très bien. Et si cela devenait contagieux de se porter très bien quand on n'a pas de visite ? Je vais m'en occuper, je vais organiser une réunion secrète de contestation : je vais changer les règles et les inverser. Les Visités vont devenir des Visiteurs... Je commence à m'amuser ici finalement.

À lundi prochain.

*(ndlr : à moins d'écrire un livre... ;-)

Lundi 29 septembre 2014

Cela fait déjà presque un mois que je suis arrivée et je n'ai pas beaucoup avancé sur mon projet initial, qui est d'étudier les différentes possibilités de mon grand départ dans l'au-delà. En fait, je n'en ai pas beaucoup le temps. J'observe longuement, je participe aux activités proposées, même celles qui ne me plaisent pas au premier abord.

Ce nouvel emploi du temps m'a permis de faire plus ample connaissance avec les résidents :

- Jacques et Étienne, avec leurs feuilletons télévisés à l'eau de rose
- Isabelle, qui passe son temps à faire des prévisions sur la météo (elle connaît tous les dictons à la con qui s'imposent ; j'avoue, certains s'avèrent justes. Quand d'autres sont faux, Isabelle a toujours un contre-dicton à proposer et on repart avec matière à réfléchir pour la journée, en scrutant les signes en compagnie des vieux chênes du jardin).
- Denis, qui vérifie sa montre dès que les repas ou ses soins sont en retard : il tient un planning secret (à l'arrière de sa page de mots fléchés), et le moment venu, il fera remonter à la direction tout ce qui ne va pas dans- cette-foutue-baraque.

- Félix, qui est toujours de bonne humeur ; il devient sourd, mais il a toujours le sourire, même quand il n'a pas compris.
- Martine, dont vous connaissez maintenant les fesses martyrisées. En fait, elle souhaite simplement qu'on la laisse tranquille. Elle ne voulait pas venir ici, mais n'a nulle part où aller. Elle a déjà fugué, mais à chaque fois est revenue avant la tombée de la nuit. Elle passe son temps dans sa chambre, seule (sauf pour les séries télé). Comme je suis une âme charitable, je lui ai glissé un mot d'excuse sous sa porte pour l'autre jour. Je n'allais pas laisser un simple accent nous fâcher. Et le lendemain midi, elle m'a donné son dessert au restaurant collectif sans me lancer un seul regard. J'ai de la peine pour elle.

Puis Blaise, Renaud, Dominique, etc. Le contact n'est pas facile avec tous, comme partout. Je ressens chez eux une profonde réticence à modifier leurs habitudes. Chacun reste avec sa rancœur, son histoire, ses blessures.

Beaucoup ferment la porte à toute tentative de communication.

Sauf Étienne.

— Une p'tite partouze, ça vous dit ? a crié Étienne, les bras en l'air, en rentrant dans la grande salle d'activité vendredi en début de soirée.

— Oui, mais une partie de quoi ? a demandé Félix, déjà partant.

— Arrête de raconter des âneries. Étienne, ça va être l'heure d'aller au lit, a répliqué Denis.

— Une partie de Monopoly ? a dit Félix. OK pour moi !

— Mais non ! Il propose une partie de jambes en l'air, Félix ! T'es sourd comme un pot ! a crié Blaise.

— Ah, un tarot… Bon, d'accord ! a répondu Félix, en allant chercher les cartes.

On a donc fait un tarot (Blaise, Étienne, Félix, Isabelle et moi). Denis n'a pas voulu, ça l'aurait rendu en retard pour je ne sais plus quoi.

Blaise a perdu à cause du Petit, il n'a pas aimé. Il est plutôt mauvais perdant, Blaise. Mais on a tous passé un très bon moment et on s'est juré d'en faire une habitude, croix de bois, croix de fer, si on ment, on ira en enfer. Denis, qui finalement ne s'est rendu nulle part et est resté à nous regarder jouer, a cru bon d'ajouter à notre promesse de retrouvailles :

— Vous y êtes déjà en enfer, mes braves gens, ce n'est pas bon de jouer aux cartes avant d'aller dormir !

ooo

Juillet 1942

L'enfer. Je croyais m'être échappée pour éviter le pire chez mes parents ; en fuguant, j'y allais tout droit. Je ne me suis pas rendue bien loin après avoir donné les papiers de mon père aux hommes en uniforme. Ils m'ont rattrapé et m'ont reposé leur première question, à savoir qui j'étais. Ne voulant pas donner ni mon nom ni mon prénom de peur qu'ils me ramènent chez moi, j'ai dit que je m'appelais Sarah, que mes parents étaient morts et que j'allais rejoindre ma vieille tante qui habitait juste à côté.

Pourquoi Sarah ? C'était le prénom de ma meilleure amie, elle me manquait terriblement car elle était partie du jour au lendemain vivre ailleurs, sans prévenir. Les hommes m'ont dit qu'ils me raccompagnaient chez ma tante, car il était tard et que ce n'était pas prudent à mon âge de traîner seule dans les rues. J'étais coincée. J'ai donc marché jusqu'à la maison d'une amie de ma mère qui venait prendre le café tous les matins au bar, en espérant qu'ils me laissent devant l'entrée. Mais une fois devant, ils m'ont dit de les attendre là, qu'ils allaient rendre visite à ma tante pour voir si tout allait bien. Puis j'ai entendu 2 détonations. Les deux hommes sont revenus vers moi, en me disant que je ne pouvais plus vivre là et que je devais les suivre, qu'ils allaient prendre soin de moi.

Simone vivait seule avec son chat, elle avait 92 ans.

ooo

Cas n° 2 : La mort par assassinat.

Pas évident de se faire assassiner. Il faut que quelqu'un vous en veuille à mort, ou compter sur la chance : genre balle perdue ou rencontrer un *serial killer*. Ce qui laisse peu de probabilités.

Avantages : rapide, si on ne tombe pas sur un tordu ; possibilité de payer un pro pour un résultat efficace (encore faut-il le trouver)

Inconvénients : rencontre peu probable ; si l'assassin n'a pas d'expérience, la souffrance peut être terrible selon l'arme du crime. Il faut sûrement beaucoup d'argent pour employer son propre tueur à gages. (?)

Scénario intéressant. Mieux que le cas n°1 …

ooo

Étienne. Blaise. Félix. Isabelle. Dominique. Renaud. Martine. Jacques.

Denis (?). C'est avec eux qu'il faut que j'élabore mon plan que j'ai nommé :

« Les visités seront les visiteurs ».

C'est mon objectif de cette semaine.

À suivre lundi prochain.

Lundi 6 octobre 2014

Finalement, le plus difficile n'a pas été de les convaincre. J'ai trouvé un allié de taille : leur passion pour les séries romanesques. C'est par là que j'ai commencé mes investigations. J'ai assisté mardi dernier à un épisode de « *Passion larmoyante* ».

— C'est qui ce blondinet ? ai-je demandé en plein milieu de l'épisode.

— Chut ! a bougonné Jacques.

— Non, je dis ça car il me fait penser à Robert Redford, ai-je continué.

— Ah, tu trouves ? ont chuchoté les femmes, perplexes.

— Taisez-vous les filles ! ont bougonné en chœur les hommes.

— Mettez plus fort ! a râlé Félix.

Étienne a augmenté le volume, pendant qu'Isabelle et Martine détaillaient minutieusement le sosie potentiel de Robert Redford.

— Oh ! Et celle-ci, on dirait Barbra Streisand quand elle était jeune !

— Moins fort, Zélia ! m'ont dit gentiment les filles.

— Ah, tu trouves ? ont demandé les hommes, perplexes.

— Ouais ! C'est vraiment une chouette série ! s'est exclamé Jacques. On se croirait au cinéma avec les plus beaux acteurs du monde.

Plus personne n'a parlé et chacun a regardé les acteurs comme s'ils étaient Robert et Barbra. Une fois l'épisode terminé, j'ai lancé ma polémique préméditée :

— Ah, j'adore les yeux verts de Robert Redford, ils me font craquer !

— Il n'a pas les yeux verts ! Il a les yeux bleus ! m'a corrigé Martine.

— Tu en es certaine ? À moins que ce ne soit Barbra, alors… Je confonds, ça fait si longtemps… dis-je, feignant une mine dépitée.

— Il me semble que Barbra Streisand aussi a les yeux bleus, a affirmé Dominique.

— Il me semble aussi, mais je ne suis plus très sûr…, a dit Blaise en se grattant le front.

Puis, je les ai laissés avec leurs doutes et je suis partie préparer la seconde partie de mon plan.

Pendant le repas du soir (potage aux légumes verts accompagné de ses croûtons dorés imbibés), les discussions allaient bon train. Certains étaient persuadés se souvenir parfaitement de la couleur des yeux de Robert et de Barbra, tentant de convaincre le clan opposé. Le ton avait monté, et Isabelle a clôturé le débat par :

— La nuit porte conseil. Demain est un autre jour et le ciel s'éclaircira.

— Amen, compléta Blaise. Dis, tu veux plus de tes croûtons ?

Le repas terminé, chacun a rejoint ses pénates. Sur leur lit respectif, mes neuf candidats-acolytes, qui s'ignoraient encore, ont trouvé un programme de cinéma accompagné d'un mot manuscrit :

« Et si c'était toi qui avais raison ? » Bleus ou verts ? Verts ou bleus ? Viens avec moi vérifier samedi au cinéma de quartier. Rendez-vous à 13 h 15 à l'arrêt de bus au coin de la rue des Martyrs. Venez me voir pour plus de précisions et surtout n'en parlez à personne ! Zélia. »

Le premier à être venu me voir le lendemain pour me dire qu'il était partant était bien entendu Blaise. Je lui ai donné comme mission de convaincre Étienne, Félix, Renaud et aussi Dominique (pour le principe, car j'ai pensé qu'avec son fauteuil roulant, cela ne la tenterait pas trop). Je me suis occupée d'Isabelle, Martine, Jacques et Denis.

Dans l'ensemble, les objections étaient semblables :

— C'est l'après-midi des visites... Et monsieur le directeur... et pourquoi ne le dire à personne, on n'est pas en prison... et qu'est-ce qu'il va se passer quand on va rentrer... Bref, rien d'insurmontable. Aucun « non ! » catégorique, juste des inquiétudes basiques de première rentrée scolaire. Je n'ai répondu à aucune question et leur ai donné rendez-vous à 15 h dans la salle de jeu habituelle.

À 15 h pétantes, nous étions réunis à dix devant un jeu de tarot. Tous me regardaient assidûment. Tout en distribuant les cartes, j'ai dit :

— Dites-moi... Quel est votre dernier souvenir en date où vous vous êtes senti libre ? Choisir votre emploi du temps sans rendre de comptes à qui que ce soit ? Vous n'avez pas envie de décider par vous-même à nouveau ?

— Je ne comprends pas ton obstination à vouloir faire ça en douce ! a répliqué Martine. Monsieur le directeur est plutôt gentil, il ne nous interdirait pas de sortir !

— Ah, parce que tu imagines un instant qu'il prendrait la responsabilité de laisser sortir dix octogénaires dont un pré-Alzheimer, un sourd, un handicapé physique, un dépressif, un dialysé et je ne sais quelle autre couleuvre pas encore dévoilée, sans faire une demande d'autorisation en triple exemplaires avec accompagnateur médical et tout le toutim ?

— C'est qui le pré-Alzheimer ? a demandé Étienne.

— Et le dépressif, on peut savoir qui c'est ? a demandé Martine.

— On s'en fout, a rétorqué Blaise. On a tous un gros pet dont on n'arrive pas à se débarrasser ! Arrêtons de nous jouer la comédie ! Ce que Zélia nous propose, c'est justement d'oublier nos soucis pendant quelques heures, soyons fous encore une fois ! Vous avez tous oublié la satisfaction personnelle que vous ont procurée vos bêtises d'enfant ?

Un long silence a suivi cette tirade existentielle de Blaise. Chacun a joué une carte de tarot sans respecter aucune règle de jeu. Sauf Denis qui paraissait contrarié.

— Vous voulez tous jouer au plus malin Et qu'est-ce qu'il se passera à votre avis quand ils vont s'apercevoir de votre absence ? a-t-il dit sur un ton culpabilisateur.

— Et les visites ? C'est un problème, ça ! Mon neveu va venir me voir comme d'habitude, samedi ! a demandé Renaud.

— Moi aussi, j'ai ma fille qui vient samedi ! a enchéri Isabelle.

— Eh bien… ce sera à leur tour d'attendre pour une fois ! Nous leur rendrons visite à notre retour. Et pour toi Denis, juste au cas où : le bus part à 13 h 19. Quinze minutes de transport jusqu'au cinéma. Le film commence à 14 h, ce qui nous laissera le temps de prendre nos billets : la réservation est faite pour 10 personnes, je les ai appelés hier, il n'y a plus qu'à régler sur place. Le film dure 114 minutes. Il y a un bus pour le retour à 16 h 30. À 16 h 50, nous serons rentrés au bercail. Nous sortirons un par un discrètement pour être tous à 13 h 15 devant l'arrêt de bus, donc prévoyez un ordre d'évacuation. Et pensez également à la monnaie pour le bus. Ticket de cinéma à 4,30 €, tarif vermeil en prix de groupe. Alors ?

Tout le monde a été scotché par une telle organisation. Ils s'y voyaient déjà. Mais personne n'osait dire oui en premier.

— Ce n'est pas possible un autre jour ? a demandé Jacques. Je vais louper *Santa Barbara*...

— Jacques, si tu veux la voir, Barbara, c'est samedi ou rien ! a tranché Blaise.

— Et puis, Zélia a déjà réservé, ce serait dommage de laisser tomber, a complété Étienne.

— Y'aura un entracte ? a demandé Félix.

— J'aimerais bien revoir Robert Redford sur grand écran... rêvait déjà Martine, les yeux fixés au plafond.

— Moi, je suis partant ! a enfin dit Félix.

— Moi aussi ! a ajouté Renaud.

— D'accord, minauda timidement Isabelle. Après tout, qui ne risque rien n'a rien !

— Ok, a dit Jacques, un peu trop fort. Tant pis pour *Santa BarbaTruc*. À moi Barbra Streisand !

— CHHHUUUT !

Seuls Denis et Dominique ne se sont pas prononcés.

— Ceux qui hésitent ont encore le temps de réfléchir et seront les bienvenus à l'heure du rendez-vous, concluais-je.

Ce fut long d'attendre jusque samedi. L'ordre des sorties était en place : les plus lents en premier, un par un, avec un battement d'une minute entre chaque sortie. Blaise s'était porté volontaire pour distraire le personnel. Tout s'est passé dans les temps prévus : à 13 h 15, nous étions huit à l'arrêt de bus, excités comme des gamins. Un adolescent, qui attendait aussi, nous a regardés comme si nous étions des dégénérés. Il s'est écarté de nous, afin de créer une barrière invisible générationnelle.

À 13 h 17, Denis nous a rejoint ! Il a été accueilli comme un vainqueur par l'équipe. L'ado s'est écarté encore un peu plus.

À 13 h 18, nous avons aperçu le bus au loin. Chacun a préparé sa monnaie. Je leur ai dit de laisser tomber, que je paierais avec un billet les 9 tickets, car sinon nous allions faire perdre un temps fou au chauffeur.

À 13 h 19, le bus s'est arrêté devant nous et a ouvert ses portes dans un « pschitt » incroyable pour nos oreilles.

Nous avons eu l'impression d'avoir prononcé une formule magique du style « sésame, ouvre-toi ! » pour aller chercher le trésor avec Ali Baba. Les premiers ont commencé à monter.

— Ne poussez pas ! a crié le chauffeur. Il y aura de la place pour tout le monde. Vous êtes combien, mes braves gens ?

— Neuf, monsieur le chauffeur, dis-je en tendant un billet de 20 euros.

—13,50 euros, ma p'tite dame ! a dit le chauffeur avec un sourire aimable.

L'adolescent est monté en dernier et m'a dit :

— Je crois que vous avez oublié une des vôtres là-bas.

J'ai regardé à travers l'immense pare-brise et j'ai aperçu Dominique qui faisait chauffer les roues de son fauteuil dans notre direction. Toute l'équipe a scandé : « Dominique ! Dominique ! » Ainsi que quelques passagers qui se prenaient au jeu. Le bus avait déjà refermé ses portes. Je devais vraiment avoir une mine déconfite, car l'adolescent a fait rouvrir les portes au chauffeur, est descendu et a couru vers Dominique. Il l'a poussée jusque devant la porte du bus, mais là, problème. Le bus n'était pas conçu pour accueillir un fauteuil roulant. Eh oui, ça existe encore.

Nous n'allions pas laisser Dominique là, sur le trottoir et partir sous ses yeux implorants ! C'est Denis qui a réagi le plus vite et distribué les tâches :

— Jeune homme, s'il vous plaît, pourrais-je abuser de votre gentillesse et vous demander de porter notre amie avec l'aide de Blaise, ici présent, jusqu'à cette place assise près de la fenêtre ? Jacques ! Vite, va mettre le fauteuil derrière l'abribus et cale-le à contresens de la descente ! Il est impossible de replier cet engin.

— Woh woh ! Qu'est-ce qui se passe, mes braves gens ? s'est égosillé le chauffeur. C'est un kidnapping ou quoi ?

— Non, Monsieur le chauffeur, c'est une évasion collective à l'ancienne ! lui ai-je répondu avec un grand sourire.

Quelques passagers ont éclaté de rire, allégeant ainsi l'ambiance et dissipant les doutes du chauffeur qui a esquissé un léger sourire. Pendant ce temps, Blaise et l'adolescent exécutaient les directives de Denis. Une fois Jacques remonté dans le bus, j'ai demandé au chauffeur un billet supplémentaire pour la nouvelle passagère :

— C'est combien le billet de bus pour mon amie handicapée qui n'a pas pu monter avec son fauteuil ?

— Rien, ça va, ça va ! Laissez tomber. J'espère que je n'aurai pas d'ennuis, hein ? Je ne sais pas ce que vous mijotez, mais cela ne m'a pas l'air bien net !

— Ne vous inquiétez pas, Monsieur le chauffeur. Vous n'avez fait que votre travail et une bonne action aujourd'hui : ce soir, vous aurez rendu des gens heureux ! lui ai-je répondu tout bas avec un clin d'œil complice.

— Taisez-vous, je ne veux rien savoir ! a-t-il bougonné gentiment, me rendant mon clin d'œil.

— C'est mieux ainsi, en effet !

Ensuite, je suis allée m'asseoir à côté du jeune homme dans le fond du bus pour le remercier.

— Tu t'appelles comment ? Tu as quel âge ?

— Julien, m'dame. J'ai 17 ans.

— Nous te remercions tous, Julien. Si tu savais comme cette journée est importante pour nous… Grâce à ton intervention, Dominique est avec nous.

— Yep. Mais la galère ne fait que commencer : vous allez faire comment avec elle sans son chariot quand vous serez arrivés à destination ?

— Je ne sais pas encore, jeune homme. Comme je ne savais pas qu'elle allait nous rejoindre et que tu allais nous aider. Nous allons continuer à improviser : apparemment, cela nous réussit aujourd'hui !

— Yep. Tu gères, mamie, c'est cool. Et toi, tu as quel âge en vrai ? Ah ouais merde, ça ne se fait pas de demander l'âge à…

— 80 ans.

— Cool. Respect.

Et il a remis son casque, en tripotant son smartphone. La même marque que celui de Blaise. Et si… ? J'ai tapoté son épaule :

— Julien ?

— Yep ?

— Tu pourrais peut-être me conseiller : j'ai une vidéo sur un téléphone qui n'est pas à moi et je voudrais la récupérer, mais je n'ai pas d'autre téléphone ni d'ordinateur. Tu sais comment je pourrais faire ?

— Tu as le téléphone ?

— Euh… Oui, mais soyons discrets, je ne veux pas que mes amis me voient, ai-je chuchoté en lui tendant l'engin.

— Cachottière, la mamie, en plus ! Bon attends, il fait Bluetooth ?

— Oui, c'est… Cool ? ai-je tenté.

— Ok, laisse tomber, je m'en occupe.

Un téléphone dans chaque main, il a manipulé les touches à une vitesse impressionnante.

— Putain mamie ! C'est une vidéo de cul ! Respect là ! Moi qui pensais trouver une vidéo de recette de cuisine ou de tricot...

— Chut ! Moins fort ! Ils vont nous entendre !

Déjà, quelques passagers s'étaient retournés.

— Ouais pardon, je comprends mieux tes cachotteries...

— Non, ce n'est pas ce que tu crois ! Il ne faut pas toujours se fier aux apparences, jeune homme, personne ne t'a donc jamais appris ça ?

— Ouais, m'fin bon, là... Les images parlent d'elles-mêmes... Et encore, je n'ai pas mis le son, a-t-il plaisanté.

— Bon, laisse tomber, ce n'est pas grave, ai-je dit en commençant à montrer des signes d'impatience, voulant récupérer le portable.

— Cool mamie, s'cuse, mais c'est vraiment ouf ! Voilà, tiens, j'ai terminé. En fait, je ne matais pas, je copiais.

— Tu as copié la vidéo pour toi ? dis-je, en colère.

— Non, merci ! Je ne fais pas dans l'infirmière, ce n'est pas mon truc. Tiens, voilà une carte micro-SD. Tu as du bol, elle est neuve et j'ai encore le support sur moi. Tu mets ça dans n'importe quel ordi ou smartphone et tu récupères ton film porno. Cool, non ?

J'étais émerveillée. Je n'aurais plus qu'à supprimer la vidéo sur le téléphone de Blaise et je pourrais enfin le lui rendre (je trouverais bien une excuse féminine).

— Julien, je ne sais pas comment te remercier. Tu es tellement gentil et serviable…

— Un p'tit selfie, mamie ? a-t-il proposé.

— Un quoi ?

— Une photo cool en souvenir, avec tes potes, tiens ! Et je te la rajoute sur ta carte SD !

Le bus n'allait pas tarder à arriver à notre destination, mais Julien a eu le temps de prendre une photo de tout le monde : lui à genoux au milieu, dans l'allée centrale, son téléphone à bout de bras, avec mes comparses et moi derrière lui. Ç'a été un moment magique. Ensuite, il a copié la photo dans la fameuse carte SD qu'il m'a rendue en me disant :

— Tu es au top mamie, reste comme tu es !

— Toi aussi, Julien, toi aussi…

J'avais presque les larmes aux yeux.

C'est fou ce qu'on peut faire en 15 minutes !

Je suis descendue la première du bus afin d'aller régler les billets du cinéma pendant que Blaise, Denis et Jacques s'organisaient pour porter Dominique à 50 mètres de là. Le chauffeur nous a souhaité de bien nous amuser, mais il n'en doutait pas, dixit, vu notre enthousiasme.

Heureusement, j'avais prévu assez d'argent pour avancer la somme totale. La guichetière, Valentine, était très sympathique. Elle était ravie de nous voir arriver, car nous étions les seuls spectateurs jusqu'à présent ; la diffusion aurait été annulée si nous n'étions pas venus. Profitant de sa gentillesse, je lui ai demandé une petite faveur…

Lorsque j'ai eu les tickets en main, l'équipe au complet est arrivée et nous sommes allés nous installer aux premiers sièges, en rang d'oignons. La plus émue était Dominique, elle n'arrêtait pas de remercier tout le monde. Du coup, mes amis avaient l'impression d'avoir été utiles et ont oublié l'épisode un peu contrariant de la fugue. Ils étaient maintenant concentrés sur le grand écran devant eux, face aux publicités locales en guise de préliminaires. C'est ainsi qu'ils ont découvert qu'un nouveau salon de coiffure avait ouvert près des Bleuets, que le restaurant « Le Régalâge » rue des Vieux Fourneaux avait vu son chef cuisinier récompensé par un guide célèbre et que l'on pouvait se faire sucer les doigts de pieds par des petits poissons dans un institut : la « Fish pédicure ». Étienne était ravi : nous avons dû calmer ses ardeurs et lui faire remettre ses chaussettes, car le film allait enfin commencer.

ooo

14 H : Aux Bleuets, les premiers visiteurs n'allaient pas tarder à se pointer.

ooo

14 H : le suspens allait bientôt prendre fin. Alors, bleus ou verts ? Verts ou bleus ? Robert, Barbra… Nous y sommes !

ooo

15 H : Aux Bleuets, cela faisait déjà évidemment presqu'une heure que l'alerte avait été donnée. Les gendarmes avaient fouillé les chambres des disparus, monsieur le directeur, Fabienne et les autres membres du personnel ainsi que les résidents avaient été interrogés.

Les visiteurs, composés principalement des familles des disparus, cherchaient les responsables d'une telle :

— incompétence ! — C'est incroyable ! — On vous fait confiance. — On vous laisse nos chers parents et vous ne savez même pas où ils sont ! — Avec le prix que ça nous coûte et les emmerdes qu'on récolte à faire payer nos frères et sœurs qui veulent se faire passer pour des insolvables… On ne peut même pas dormir sur nos deux oreilles ! - On va porter plainte ! — Vous allez voir ce que vous allez voir ! — Je vous préviens : SI vous les retrouvez, hors de question que je paie ce mois-ci ! — Et si vous ne les retrouvez pas, eh bien… on verra c'qu'on verra !

Ces propos m'ont été rapportés au retour de notre escapade diurne.

Avantage : j'ai pu rallier d'autres convives à ma cause ; devant tant de propos indécents, certains résidents n'ont pas fait qu'ouvrir leurs oreilles : ils ont réouvert les yeux.

Un passant avait rapporté le fauteuil roulant de Dominique (l'adresse des Bleuets y est mentionnée sur un autocollant), précisant qu'il l'avait trouvé près de l'arrêt de bus.

Un gendarme, un peu plus curieux que les autres, a fini par trouver la note que j'avais scotchée sur la porte d'entrée de la salle de réception juste avant de quitter les lieux :

« Las de nos ennuyades,

Nous sommes partis retrouver Nos plus belles années ».

En quête de parades,

Robert et Barbra nous ont motivés.

Ne leur en veuillez pas !

Et comprenez notre désir :

Notre existence passant de vie à trépas. Nous avons juste voulu ne plus en souffrir.

Signé : les envolées des bleuets. »

ooo

15 H : Surprise ! Le film a été interrompu par cette annonce, avec l'entrée en salle de Valentine, la guichetière. La lumière est venue éblouir les yeux humides des spectateurs. Denis et Martine ont commencé à râler avant de comprendre la raison de cette interruption soudaine. Seul Félix a compris immédiatement ce qu'il se passait. Enfin… au début du moins.

— Chouette ! Un entracte ! s'est-il écrié en tapant des deux mains.

— Joyeux anniversaire ! a commencé à chantonner Valentine avec une voix suave et un accent à la Marilyn Monroe.

— Joyeux anniversaire, continuai-je en chœur.

— Joyeux anniversaireeuuu ! ont continué les autres, pensant avoir oublié la fête de l'un d'entre nous.

— JOYEUX ANNIVERSAIRE !

Et tout le monde a applaudi.

Valentine, avec son plateau en osier autour du cou, nous a distribué à chacun une glace en cornet, vanille-chocolat. Félix a jubilé en tapant dans ses mains comme un gosse... ou une otarie dans les dessins animés, au choix.

— On vous doit combien, chère damoiselle ?

— Rien du tout, monsieur ! Cette gourmandise vous est offerte par votre bonne amie Zélia ! a dit Valentine en repartant.

Les regards se sont tournés vers moi (après avoir fini d'être ébahis par le déhanché sulfureux de Valentine) :

— C'est ton anniversaire, Zélia Tu nous l'avais bien caché ! a dit Blaise.

— Non, a dit Denis d'une voix monocorde. Zélia aura 81 ans en avril prochain. Et aujourd'hui, nous sommes le 4 octobre. Ce n'est même pas sa fête, puisqu'aujourd'hui c'est la saint François.

— Effectivement, chers amis. Ce n'est ni MON anniversaire ni ma fête. C'est NOTRE anniversaire à tous. L'anniversaire du premier jour de notre nouvelle vie, les amis !

— Ne t'emballe pas, Zélia. Ce n'est qu'une sortie ciné. Après, on va payer les pots cassés ! a dit Denis.

— Ouah, le rabat-joie, celui-là ! a rétorqué Félix. Mange ta glace, elle va fondre sur tes principes !

— Et PAF ! Prends ça … a marmonné Étienne en se limant les ongles avec son ticket d'entrée.

Denis, vexé, a léché son cornet sans prêter attention aux rires qui résonnaient dans cette salle privée. Puis le silence s'est fait, la lumière s'est éteinte et le film a repris.

ooo

16 H : Aux Bleuets, les plus émotifs étaient en pleurs, les plus fiers avaient contacté leur avocat. Monsieur le directeur se demandait où il allait bien pouvoir recaser les résidents restants après la fermeture de l'établissement. Les aides-soignants ne s'inquiétaient pas trop : ils allaient contacter d'autres maisons de retraite pour proposer leurs services et savaient déjà qu'ils trouveraient facilement un autre employeur ainsi que d'autres grabataires. Ma note les avait inquiétés plus qu'autre chose. (Pourtant, ce n'est pas mon genre de mettre la pagaille...) Ils imaginaient un suicide collectif, comme pour la secte du Temple solaire. Les gendarmes ont harcelé le directeur pour savoir qui étaient les complices nommés Robert et Barbra : des nouveaux employés ? Des résidents ? Personne ne savait. Bande d'incultes ! Ils avaient la réponse sous les yeux et ils ne voyaient rien : c'est moche de vieillir.

ooo

16 H : nous n'avons pas perdu une miette du générique de fin. Ni du cornet de glace. Une fois la lumière rallumée, il a bien fallu se lever afin de regagner l'arrêt de bus. Dominique a trouvé d'autres galants chevaliers, afin de ne pas courbaturer davantage ses précédentes carrioles. Nous avons regagné l'abribus après avoir fait chacun deux bises à Valentine (Étienne en a fait quatre), qui nous a gentiment proposé une carte de fidélité. Félix était d'accord, il a donc rempli une fiche avec l'adresse des

Bleuets. Quand le bus est arrivé, j'ai immédiatement reconnu le gentil chauffeur de l'aller ; décidément, nous avions de la chance ! Nous n'avions rencontré que des gens très aimables. Il n'a même pas voulu nous faire payer le trajet du retour.

— Alors ? Vous vous êtes bien amusés ?

— C'était incroyable… a répondu Étienne. En deux heures de temps, j'ai fugué, j'ai fait un selfie, j'ai appris que je pourrais me faire sucer les pieds, j'ai vu Barbra, j'ai mangé une glace, j'ai fait la bise à Valentine avec une belle vue sur ses gros…, a-t-il fait en joignant le geste à la parole.

— ÉTIENNE ! Viens donc t'asseoir ! l'a sermonné Martine.

— Oui, allez donc vous asseoir, Étienne ! Finalement, je préfère toujours ne rien savoir ! a dit le chauffeur en éclatant de rire.

Le trajet du retour nous a paru plus court que celui de l'aller, avec pour compagnie supplémentaire un silence mortel. À la radio, un flash info a informé les auditeurs de la disparition de dix octogénaires originaires de la maison de retraite des Bleuets, avec un appel à témoin. Le chauffeur a immédiatement changé de station pour mettre de la musique.

« L'horloge tourne… Et moi, je rêve d'arrêter le temps !
Dam dam dé oh oooohh ».

Arrivé à destination, il s'est arrêté alors que personne n'avait pensé à appuyer sur le satané bouton « prochain arrêt ». PSCHIIIT… ouverture des portes.

— Allez, mes braves gens. Les bonnes choses ont une fin.

— Les « meilleures » choses ont une fin ! l'a repris Isabelle en descendant.

— Merci beaucoup, monsieur le chauffeur. Vous avez été formidable.

— Yann. Vous pouvez m'appeler Yann.

— Merci, Yann. Moi, c'est Zélia.

— Au plaisir, Zélia et compagnie ; peut-être à bientôt !

PSCHIIIT, la caverne s'est refermée.

ooo

16 H 45 : Aux Bleuets, une accalmie s'était installée depuis quinze minutes, depuis que Fabienne avait trouvé un des exemplaires du programme de cinéma sous l'oreiller de Blaise. Elle l'avait donné au gendarme

curieux et celui-ci l'avait lu à haute voix devant les visiteurs et l'ensemble du personnel :

« *Ce samedi 4 octobre 2014, venez retrouver Robert Redford et Barbra Streisand dans un de leurs plus beaux rôles au cinéma : Nos plus belles années ; diffusion unique à 14 h dans votre cinéma de quartier Alain Resnais. (Sans entracte) (Possibilité de réservation au 02 42 52 62 32, demandez Valentine.)* »

— Avec la signature du coupable, s'il vous plaît !

« *Et si c'est toi qui as raison ? Bleus ou verts ? Verts ou bleus ? Viens avec moi vérifier samedi au cinéma de quartier. Rendez -vous à 13 h 15 à l'arrêt de bus au coin de la rue des Martyrs. Venez me voir pour plus de précisions et surtout, n'en parlez à personne ! Zélia.* »

— C'est qui cette satanée Zélia ? a crié un visiteur d'un air mauvais.

— C'est mon amie et elle t'emmerde, fiston ! a répondu Blaise.

Personne n'a osé broncher. Nous étions tous revenus, ensemble, à ce moment fatidique. Felix et Denis ont reposé Dominique dans le fauteuil et se sont assis à leur tour, fatigués par l'effort.

Constatant qu'il ne manquait personne, les gendarmes ont vaqué à d'autres urgences après avoir fait la morale au directeur et avoir laissé entendre aux familles qu'ils pouvaient déposer plainte s'ils en ressentaient le besoin ou l'utilité.

Vous devez imaginer cette scène : les familles étaient assises à leur place habituelle lors de leur visite hebdomadaire. Et ce sont les résidents qui sont venus s'asseoir près d'elles pour prendre et donner des nouvelles. Rappelez-vous : **les visiteurs seront les** visités. Mission accomplie !

J'ai mal au poignet, j'ai trop écrit aujourd'hui. Il est tard, j'entends mon voisin ronfler.

À demain (exceptionnellement) pour la suite.

Mardi 7 octobre 2014

Blaise a eu du mal à calmer son fils et sa belle-fille. Idem pour les autres familles présentes. Maintenant qu'ils connaissaient notre emploi du temps du samedi après-midi, ils étaient convaincus que j'étais une sorte de gourou qui avait tenté d'entraîner leurs aïeux dans une réunion suspecte en prévision de créer une secte et que la prochaine étape serait une escroquerie financière. Pour plaisanter, Blaise a dit à son fils :

— C'est vrai, tiens, je lui dois… Attends… Je calcule… (*Son fils a blêmi…*) 4,30 + 1,50, soit 5,80 euros. Tu peux lui donner ? Et encore : le cône est offert par notre grande prêtresse Zélia.

— Le cône ? Quel cône ? Prêtresse ? Tu te drogues ? Je ne plaisante pas, Papa ! À votre âge, vous êtes vulnérables ! On pourrait vous faire prendre des vessies pour des lanternes !

— ISABELLE ! Je t'ai trouvé un nouvel adepte pour ton recueil de dictons -à-la-con : mon idiot de fils !

— Chacun sa merde ! lui a répondu Isabelle du tac au tac, sans même lever la tête de son journal.

— Eh bé ! Ce n'est pas un dicton, ça, Isabelle ! s'est étonné avec complicité Blaise, les mains sur les hanches.

— Non ! C'est ma nouvelle devise !

— Franchement Papa, il serait temps que tu grandisses dans ta tête ! C'est pitoyable !

— Et toi, mon fils, je ne sais pas ce que j'ai loupé dans ton éducation, mais t'as l'air plus vieux que ton vieux père, bordel !

— Et paf, prends ça, a chuchoté Étienne, le regard fuyant.

Sur ces belles paroles, Blaise s'est levé et a scandé à qui voulait l'entendre :

— Eh les Disciples ! On n'aurait pas oublié quelque chose ?

— La prière ? plaisanta Félix.

— Ah oui ! Il faut que je prenne rendez-vous pour me faire sucer les… commença Étienne.

— Mais non ! La partie de tarot ! Bougres d'idiots ! C'est l'heure ! a coupé Blaise.

— Oui, a confirmé Denis en regardant sa montre. Même qu'on est en retard…

— Désolés braves gens, mais l'heure des visites est écoulée pour aujourd'hui ! a dit Jacques en se levant, suivi par l'équipe de la secte du Temple des bleuets.

— Et merci de prendre rendez-vous 48 h à l'avance pour votre prochaine venue dans notre cher établissement, en précisant les heures d'arrivée et de départ, afin que nous puissions nous organiser, a complété Denis.

Les familles n'en revenaient pas. Moi non plus d'ailleurs. Un tel engouement en si peu de temps ! Cela dépassait mes espérances. Nous étions une équipe soudée. J'ai donc rejoint mes amis à la table du tarot, sous les regards accusateurs des membres de leur famille. Quelques instants plus tard, ils étaient tous repartis… rejoindre monsieur le directeur dans son bureau. L'affaire n'était pas close pour tout le monde !

Nous avons donc eu droit à un sermon personnalisé. J'avais prévenu l'équipe que cela se produirait et leur avait conseillé de ne surtout pas se justifier :

— Laissez monsieur le directeur faire son travail. Écoutez-le, et… prétextez une grosse fatigue. Il ne vous retiendra pas.

Dimanche, Monsieur le directeur n'est pas venu aux Bleuets. Fabienne nous a félicités :

— Vous êtes contents ? Monsieur le directeur est en arrêt maladie pour surmenage ! Après tout ce qu'il a fait pour vous ici ! Vous pouvez être fiers de vous ! Quatre familles ont porté plainte à la suite de votre escapade de samedi ! Les journaux parlent de notre établissement, on va même passer aux infos ce soir ! Votre petite balade va peut-être nous coûter la fermeture de l'établissement avec ces plaintes ! Ah ça oui, vous pouvez être fiers !

Elle est partie en pleurant.

Zut. Les évènements ont pris une tournure tragique. J'avais prévu la plupart des réactions qui suivraient notre retour, mais je pensais que le fait d'être rentrés tous indemnes finirait par calmer tout le monde. Il faut que je trouve un moyen d'établir un compromis acceptable. Je ne veux pas déménager dans un autre établissement.

À lundi.

ooo

Juillet 1942

Les hommes en uniforme m'ont d'abord emmenée dans un grand entrepôt où il y avait déjà plusieurs centaines de personnes. Un docteur m'a auscultée et une infirmière m'a entouré le bras d'un tissu jaune sur lequel était dessinée une étoile. Je n'avais que 8 ans, mais je lisais parfois les gros titres des journaux au bar et j'écoutais les conversations des clients ; donc j'ai rapidement compris le malentendu qui s'était installé entre ces hommes en uniforme et moi : c'étaient des Allemands et ils m'avaient prise pour une petite fille juive. Je les ai cherchés du regard pour aller leur expliquer, mais ils n'étaient plus là. Tout à coup, j'ai réalisé que j'avais donné les papiers de mon père à ces Allemands en leur indiquant l'adresse du bar. Mon père méritait d'être puni pour sa violence et ses magouilles, mais j'étais allée trop loin, j'avais détruit ma famille et j'allais en payer le prix. C'était peut-être tout ce que je méritais, après tout. Je suis allée rejoindre les autres enfants de mon âge. Une petite fille d'environ quatre ans pleurnichait ; je me suis assise à côté d'elle et lui ai pris la main pour nous réchauffer. Elle s'est endormie contre mon épaule, rassurée. Une autre vie commençait pour moi.

ooo

Lundi 13 octobre 2014

Mardi soir, nous étions tous devant la télévision pour regarder les informations :

« *Une histoire qui aurait pu mal se terminer : en effet, samedi après-midi, vers 13 heures, dix résidents de la maison de retraite Les Bleuets ont fugué en laissant comme indice un petit poème étrange, je cite :*

« *Las de nos ennuyades, nous sommes partis retrouver Nos plus belles années. En quête de parades, Robert et Barbra nous ont motivés. Ne leur en veuillez pas ! Et comprenez notre désir : notre existence passant de vie à trépas, nous avons juste voulu ne plus en souffrir.* »

Indice qui, au lieu de rassurer le personnel de la maison de retraite, a eu pour effet de laisser penser à un suicide collectif. Les gendarmes ont enquêté et passé au peigne fin l'établissement. Nos octogénaires fugueurs sont finalement rentrés sains et saufs à 16 h 45, expliquant qu'ils voulaient vérifier la couleur des yeux de Robert et Barbra. Il s'agissait en fait de Robert Redford et Barbra Streisand dans l'excellent film Nos plus belles années, diffusé au cinéma de quartier Alain Resnais. Ils ont fait l'aller-retour en bus et ont même emmené avec eux une de leurs amies en fauteuil roulant, fauteuil qui est resté à l'abribus, car le bus ne permettait pas son accès. Nos intrépides retraités se sont donc relayés pour porter leur amie jusque dans la salle de cinéma. Des familles ont porté plainte, car elles remettent en question la sécurité de l'établissement. Le directeur de la maison des Bleuets est sous le choc. Il risque la fermeture de son établissement ainsi qu'une sérieuse remise en cause de son poste à une direction quelconque.

Cet évènement relance le débat de l'accessibilité des transports en commun aux personnes handicapées. »

La télévision a montré des images de la maison de retraite, monsieur le directeur en gros plan, l'abribus (avec le fauteuil roulant, grâce à une reconstitution de la scène de crime), le cinéma de quartier et l'affiche du film. Jacques a été contrarié car le fauteuil roulant n'était pas exactement comme il l'avait mis.

Le journaliste a été professionnel : il a relaté les faits sans y mettre de violons inutiles. Je dirais même que nous sommes presque passés pour des héros. Sauf pour la partie conséquences. Pour l'instant, nous ne savons pas quand monsieur le directeur reprendra du service.

Mercredi, tout s'est emballé ! Dans l'après-midi, un journaliste est venu spécialement pour nous interviewer ! J'ai bien écrit : interviewer et pas interroger !

Fabienne ne voulait pas le laisser entrer, mais il lui a dit qu'elle ferait mieux de le laisser faire son travail si elle voulait garder l'établissement ouvert. Une menace ? Fabienne, lasse et désespérée, a abdiqué. Le journaliste a convoqué toute l'équipe des fugueurs et s'est présenté :

— Bonjour à tous ! Je m'appelle Fabien et je suis journaliste à France Télévisions. Laquelle d'entre vous est Zélia ?

— C'est moi, ai-je dit, méfiante. Qui vous a donné mon prénom ?

— Vous êtes donc la meneuse de l'équipe. Parfait ! Que pensez-vous de votre soudaine notoriété ?

— Quelle notoriété ? L'établissement va peut-être fermer et vous me parlez de notoriété ?

— Si l'établissement ferme après ce qui est en train de se produire, j'irai élever des chèvres dans le Larzac ! Parole de journaliste !

— De quoi parlez-vous donc ?

— Vous n'êtes pas au courant ? Personne n'a Facebook ici ? Depuis le journal télévisé de mardi soir, c'est l'effervescence totale sur les réseaux sociaux ! 221 000 abonnés à la page en 36 heures et ça ne cesse d'augmenter !

— Fesses de bouc, chèvres… Il fait dans la zoophilie ou quoi…, marmonna Étienne.

Le journaliste a vérifié quelque chose sur son smartphone et a corrigé :

— 256 048 ! Incroyable ! Vous faîtes le buzz total !

— Restez poli, s'il vous plaît, a commenté Denis, interrompant sa grille de mots croisés.

— Vous pourriez vous expliquer, parce que là, on ne comprend rien ! a fait remarquer Martine.

Fabien a allumé son ordinateur portable, tapoté sur le clavier et l'a retourné afin que nous soyons tous face à l'écran.

Nous. En photo, dans le bus avec Julien. Avec des sourires à nous décrocher la mâchoire, dentiers en avant. Depuis samedi, je gardais la carte SD avec moi, dans ma poche. Elle y était encore. Comment cette photo avait-elle pu arriver sur l'ordinateur de Fabien ? Il n'y avait que moi qui détenais cette photo-selfie !

— Vous avez déjà entendu parler de Facebook, des réseaux sociaux, tout ça ? a demandé Fabien.

— On est vieux mais pas débiles, on a la télé… ! Ce n'est pas parce qu'on ne l'utilise pas qu'on ne connaît pas ! a dit Jacques.

— Et Julien ? Vous vous souvenez de votre jeune ami Julien ?

— Et en plus, il croit qu'on perd la mémoire ! a dit Étienne.

— Eh bien, vous pouvez le remercier ! Il a créé une page Facebook intitulée :

« Sauvons les Bleuets, Zélia et ses amis ! Car on a tous besoin d'une Zélia dans notre vie : partagez ! Vous ne savez pas où vous finirez ! »

Vous en êtes à… 257 012 abonnés ! Des milliers de messages de soutien : « *Vive Zélia ! Enfin une mémé qui a des couilles ; Allez voir Space Cowboys samedi prochain ! J'ai un abonnement de bus, je vous le prête ! J'aimerais bien avoir une mamie comme Zélia. Zélia, voici mon 06, je te kiffe ! Ma grand-mère est morte la semaine dernière, tu veux bien la remplacer ? La prochaine fois, c'est moi qui porte l'handicapée ! Si vous fermez les Bleuets, on fait la grève de la faim, signé : A.J.B. (Association des joueurs de belote) ; Zélia, tu ne veux pas venir à la maison de retraite des Jacinthes, juste quelques jours ? Nous avons besoin de toi ici ! Dites-nous si vous voulez qu'on organise une manif ! Gardez-moi une chambre, dès que mon vieux chien est mort, je viens : je m'ennuie tellement toute seule…* etc. »

J'ai compris que je n'avais qu'une copie de ce selfie, puisque l'originale était sur le smartphone de Julien. Je n'y avais pas pensé, je m'y connaissais un peu en téléphone et vidéo, mais je n'avais pas les réflexes d'un ado. Julien, lui, maîtrisait ce domaine avec une dextérité impressionnante.

— Alors ? Quel effet cela vous fait ? m'a demandé Fabien.

— Euh…

— Ok, autre question. Qu'est-ce qui vous a donné l'idée de monter un plan pareil ? Vous êtes maltraités ici ?

— Pas du tout ! C'est un très bon établissement, le personnel est très gentil, la nourriture est correcte. Nous avons un jardin splendide et même des petits moineaux très utiles. Je n'ai jamais eu autant d'amis réunis dans un seul et même endroit. Bien sûr, chacun a son caractère et nous ne sommes pas tous à 100% de nos capacités physiques. Nous sommes ici car nous avons un point commun : nous sommes vieux. Inutiles. On mange, on boit, on fait caca, on regarde la télé et on dort. Notre passé, nos erreurs, nos souvenirs nous bouffent. Lorsque l'on ne fait que regarder en arrière, il ne se passe rien. Vous entendez ? RIEN. Que de la rancune, des regrets, des remords qui finissent par se transformer en méchanceté, en jalousie. Le pire quand on est vieux, c'est que l'on se souvient que l'on a été jeune. J'ai eu envie de prouver à mes amis ici présents que nous étions encore capables de décider par nous-mêmes, d'avoir des projets et surtout : de vivre le présent. Oh, bien sûr, à vous les jeunes, cette histoire peut vous sembler ridicule ! Mais pour nous, c'est très important. Un jour, vous aurez notre âge, et j'espère que notre petite escapade vous fera réfléchir sur votre manière d'aborder votre vieillesse. Vieillir, c'est une fatalité : mais vous pouvez l'aborder comme une nouvelle étape et non la subir. Il suffit juste d'en être conscient. Nous n'en voulons à personne, ni au personnel, ni à nos familles. Ils ont leur vie, des enfants à éduquer, une carrière à mener. Nous avons juste un message à leur faire passer : arrêtez de tout décider à notre place. Nous sommes obligés de vivre selon VOS habitudes, ce que nous pouvons comprendre, mais il ne vous est pas interdit de nous demander NOTRE avis ! Nous nous adapterons, nous trouverons un compromis. Vous avez parfois un regard pesant sur nous. J'ai rencontré le jeune Julien à l'arrêt de bus. Il a été formidable avec nous tous. Il ne nous a pas jugés, ni même demandé ce que nous manigancions. Il a juste été là, au bon moment, pour nous. Merci encore Julien, pour tout. Merci à tous ! Cela me touche énormément de lire tous ces messages de soutien sur Facebook, vous ne pouvez imaginer à quel point... C'est juste... merveilleux.

J'avais dit tout ça d'une traite. Personne n'a osé ajouter un mot.

— In ze boite ! a dit Fabien, satisfait de ma plaidoirie. Vous avez été, une fois de plus, parfaite, madame Zélia. Tenez, je vous donne ma carte au cas où. Je veux bien l'exclusivité de votre prochaine entreprise. Ne loupez pas le journal télévisé de ce soir. Et je vous parie que d'ici ce week-end, la page Facebook de Julien atteindra le million d'abonnés !

— Sinon quoi ? Vous irez retrouver le grand-père d'Heidi et ses chèvres dans les montagnes ? ricana Blaise.

— Bonne idée ! Je lui expliquerai comment vendre son lait de bique sur internet..., a conclu Fabien avec un clin d'œil.

Tobias (le grand-père d'Heidi, pour ceux qui auraient oublié) devra se contenter du réseau de vente traditionnel pour son breuvage ; internet ne parviendra pas jusqu'à son chalet : 1 000 056 abonnés samedi à 15 h 06. Le journal télévisé du mercredi soir avait fait son petit effet auprès du public. Les messages de soutien affluaient de toutes parts : la boite mail de monsieur le directeur, redirigée vers celle de Fabienne, était saturée. Le téléphone restait sur messagerie avec la sonnerie réglée au minimum. Le courrier ne nous était même plus distribué, il fallait aller le chercher à l'agence postale, la sacoche du facteur n'étant pas assez grosse. Nous avons même reçu une livraison spéciale d'UPS : un carton contenant quasiment tous les films de Robert Redford en DVD d'occasion d'un généreux donateur. « *Je les connais tous par cœur, c'est avec grand plaisir que je vous les offre... Que vos plus belles années ne fassent que commencer !* »

Les plaintes déposées par les familles ont été finalement abandonnées. Samedi en fin d'après-midi, nous avons tous été très sages. Nous avons juste demandé à Fabienne si elle pouvait nous mettre un DVD, « Out of Africa ». Lorsque Félix a demandé quelle était la couleur des yeux de Meryl Streep, il s'est soudain senti observé par neuf paires d'yeux et n'a pas attendu la réponse. Mais tous avaient un sourire complice et malicieux aux coins des lèvres.

À lundi.

Lundi 20 octobre 2014

J'ai passé la journée d'hier à réfléchir. Le départ définitif d'un résident dans la matinée m'a fait revoir la composition de mon équipe au sein des Bleuets. Nous étions une dizaine à nous être amusés, les plus vaillants et les plus jeunes d'entre nous ; mais ici, beaucoup sont incapables de faire ne serait-ce que 10 mètres à pied sans l'aide d'un déambulateur ou du bras d'un accompagnant comme appui. Émile avait 102 ans : 22 ans de plus que moi ! Je ne sais pas depuis combien de temps il était aux Bleuets, mais il avait la seule chambre où le papier peint était aux motifs psychédéliques des années 70.

Fabienne nous a expliqué qu'Emile était en phase terminale d'un cancer et qu'il partait en unité de soins palliatifs pour y terminer son existence. Emile était très discret parmi nous, il restait dans son fauteuil à regarder les arbres du jardin en somnolant. Il n'avait parlé de sa maladie à personne. Ce fut un choc pour nous tous de l'apprendre. Il ne souffrait pas ou peu, mais surtout, il ne parlait pas. Il a laissé sa flamme s'éteindre, comme la flamme d'une bougie qui manquerait d'oxygène. Il aurait peut-être voulu nous accompagner au cinéma, Émile…

Fabienne et les autres membres du personnel étaient au courant, bien sûr, mais c'était le choix d'Emile de taire son cancer.

« Un crabe, ça marche de travers. Et ici, il y en a déjà beaucoup qui ne marchent pas bien droit. Si vous le leur annoncez, ils vont s'inquiéter et finiront par tourner en rond ! »*, avait-il dit à Fabienne pour la convaincre de ne pas diffuser l'information.

Cas n°3 : La mort par longue maladie.

Exemple : le cancer. Tellement de sortes différentes que l'on peut se permettre le luxe d'avoir chacun le nôtre. Un peu comme une pochette surprise. Personnalisable pour les fumeurs ou les alcooliques, par exemple, il peut aussi vous tomber dessus sans prévenir dans les os ou le cerveau, entre autres.

Avantages : selon la maladie (choisie ou imposée), vous pouvez décider ou non d'un traitement, d'une possible guérison, selon votre envie d'en finir avec la vie ; les plus motivés à trépasser n'auront qu'à se laisser aller, tandis que les indécis pourront encore tenter de changer d'avis.

Inconvénients : pas toujours rapide et souvent une fin de vie dans la souffrance avec un sentiment d'impuissance. Une dépendance quasi systématique, soit de la famille, soit des hôpitaux avec des soins dégradants.

Trop tard pour me mettre à fumer et à boire : ça ferait mauvais genre à mon âge.

Les plus anciens résidents étaient très attristés du départ précipité d'Emile.

— Tu comprends, Zélia, m'a dit Henriette d'une voix tremblotante (une centenaire proche d'Emile), s'il était mort subitement, c'est la vie, on le sait tous. Mais Emile est encore en vie, j'ai passé des années à ses côtés à contempler le jardin, on ne se parlait pratiquement pas mais on savait ce que l'autre pensait et je ne pourrai plus le faire. Parfois, ne rien se dire, c'est très important ! Son silence va me manquer. La baie vitrée donnant sur les arbres me renverra désormais l'image du fauteuil vide d'Emile.

J'allais lui proposer d'aller voir Emile à l'hôpital, mais Henriette n'aurait pas supporté un tel voyage, de plus l'ambiance des unités de soins palliatifs laisse à désirer.

Blaise faisait les cent pas dans le jardin, les mains dans les poches : lui non plus n'avait pas le moral.

— Ça n'a pas l'air d'aller…, ai-je remarqué.

— Je suis toujours dans tous mes états quand l'un d'entre nous nous quitte. J'ai l'impression que je suis le prochain et ça me contorsionne les hémorroïdes !

— Charmant ! Ton numéro n'a pas encore été tiré au sort, crois-moi !

— Pfft… Qu'est-ce que tu en sais ? Tu lis l'avenir ?

— Non, mais ta bougonnerie te maintient en vie ! De mon côté, j'essaie déjà d'améliorer le présent et je me sens un peu seule si tu es bougon comme maintenant ! Tiens, prête-moi ton téléphone.

— Encore ? Tu as à nouveau l'intention de le perdre dans tes petites culottes ?

— À mon âge, on met des gaines, tu ne le savais pas ? C'est pour ça que je ne le retrouvais plus, ton téléphone. Il s'était perdu dans les méandres élastiques de ma lingerie. Non, je te le rends rapidement, promis : j'ai une idée pour Emile.

— Tu veux l'emmener voir *Les oiseaux se cachent pour mourir* ?

— Je suis certaine que cela lui plairait… Mais non, pas cette fois. Viens avec moi, je vais t'expliquer.

Malgré son repos dominical, Fabien (le journaliste) répondit aussitôt à mon appel. Je lui ai expliqué mon plan ainsi que l'urgence de la situation. Il trouva mon idée génialissime, dixit, et me promit d'être aux Bleuets dès le lendemain.

Effectivement, ce matin à 10 h, Fabien est venu installer une caméra dans la salle de repos ; caméra qui filmait en direct depuis le fauteuil d'Emile, en direction du jardin.

— Bon, maintenant, il faut que j'arrive à convaincre le directeur des soins palliatifs de faire la même installation dans la chambre d'Emile.

— Je vais lui passer un coup de fil, allez -y.

C'est monsieur le directeur qui venait de prononcer ces mots. Tous les résidents se retournèrent vers lui.

— Bon retour, Monsieur le directeur, m'empressai-je de dire pour éviter un silence gênant.

— Oui. Bon retour, Monsieur le directeur ! reprirent les résidents en chœur.

— Merci, dit simplement Henriette.

Deux heures plus tard, tout était en place. Nous voyions Emile à travers un petit téléviseur, et Emile avait une vue directe sur le jardin des Bleuets depuis son lit, tout cela en direct ! Henriette s'était installée de façon à être dans le champ de vision de la caméra et, à tour de rôle, elle laissait sa place à un autre résident afin qu'Emile profite de tous. Bien sûr, il n'était pas toujours conscient avec le traitement contre la douleur. Mais ses amis étaient là quand il en avait besoin. Même le personnel et monsieur le directeur venaient lui faire de petites apparitions à la caméra. Nous étions avec lui, il était avec nous.

ooo

Août 1942

*Aurélie avait quatre ans et je devins sa maman de cœur.
Elle ne me quittait plus. Elle ne comprenait pas ce que
nous faisions ici et je me suis bien gardée de le lui
expliquer. Ce que j'avais vécu avec mes parents m'avait
empêché d'ouvrir les yeux sur le monde, la guerre, la
souffrance des autres. Mes propres problèmes avaient
pris le dessus. Je comprends aujourd'hui que je n'avais
que 8 ans et que c'était normal. Mais à l'époque, je m'en
suis voulu énormément. Et cette petite Aurélie me permit
d'occulter une partie de mon ancienne vie. Je décidai de
protéger Aurélie, comme la petite sœur que je n'avais
jamais eue. Quand les Allemands ont hésité à l'emmener,
sous prétexte qu'à son âge, elle serait inutile, je leur ai
expliqué que j'avais travaillé dans une laverie et
qu'Aurélie n'avait pas son pareil pour m'aider à replier
tout type de linge à une vitesse incroyable. Pas très
convaincant à priori, mais c'était la première idée qui
me soit venue. Je gardai donc Aurélie un peu plus
longtemps près de moi. Ils nous ont fait monter dans un
train où nous étions entassées comme des bêtes sauvages
et nous sommes arrivées, après un très long voyage, dans
un endroit qui s'appelait « AUSCHWITZ ». Aurélie et
moi avons été transférées au bâtiment blanchisserie. Des
montagnes de linge, d'habits et de tissus attendaient
d'être lavés, pliés, rangés en piles. J'appris rapidement à
Aurélie à plier les torchons, les taies d'oreillers et autres
petits vêtements. Les femmes affectées à ce bâtiment
passaient leur journée à laver, essorer, étendre pendant*

*que des petites filles pliaient, rangeaient. Ainsi passèrent
les mois. Je ne vais pas vous raconter ici l'horreur des
évènements dont j'ai été témoin, ce n'est pas le sujet de
mon blog papier et je pense que, malheureusement, vous
connaissez déjà cette partie de l'Histoire.*

*Un matin de janvier 1943, j'ai retrouvé Aurélie morte de
froid près du grillage qui nous entourait, alors que
j'avais été affectée à un autre travail en renfort pour une
journée.*

*J'ai survécu au génocide des Juifs car je savais me servir
d'un piano : ma mère en avait fait installer un dans le
bar et j'y passais des heures. La musique adoucit les
mœurs. J'ai fait d'énormes progrès en 2 ans à Auschwitz,
ma survie en dépendait.*

ooo

Lundi 27 octobre 2014

Après notre passage au journal télévisé, l'établissement des Bleuets avait contribué à redorer le blason des maisons de retraite en général. Un ordinateur était mis à notre disposition, mais peu l'utilisaient, par manque de connaissance ou par crainte de redevenir jeune, peut-être… Pour suivre la page que Julien avait créée, j'avais désormais un compte Facebook. Notre selfie en commun y était toujours affiché, avec une photo des Bleuets arborant un slogan inventé par Julien :

« Les Bleuets, plus qu'un mouroir : une échappatoire ».

Malgré les années qui nous séparaient, Julien et moi partagions le même humour décalé. Certes, tout était rentré dans l'ordre depuis notre fugue, mais cette page restait néanmoins visitée quotidiennement. Abonnements virtuels qui laissaient à penser que Zélia n'était pas la seule rebelle des maisons de retraite. Des messages d'autres résidents partout en France y étaient déposés, des demandes d'amis, des posts, des « likes » … J'ai donc demandé à Julien en M.P. (*message privé*) de m'octroyer le droit d'être « modo » (*modérateur*) sur cette page. (C'est la jeunette du ménage qui m'a expliqué ce terme.) C'est fou le vocabulaire qu'on peut apprendre à quatre-vingts balais si on veut… Si votre disque dur interne n'a plus de place, mettez à la poubelle les mots obsolètes et les expressions désuètes : qui passe encore « un coup de fil » aujourd'hui ?

— Bonjour Julien, c'est Zélia. Comment vas-tu ? Je te remercie pour tout ce que tu as fait pour nous, ta page Facebook a changé notre vie ! Comment je peux faire pour gérer cette page avec toi ?

— Hey Zélia ! T sur FB ? J kroi pas… c trop ouf ! T perché ! TKT, vé te donné aksé now

— As-tu oublié mon âge ?

— Hein ? Ah yes, donc je disais : Bonjour Zélia ! Tu t'es mis sur Facebook ? Je n'y crois pas dis donc ! Trop génial ! Trop trop génial ! Ne t'inquiète pas, je vais t'ajouter en « contact de confiance » et tu pourras ainsi accéder à la gestion de la page. J'avoue que ça m'arrange que tu prennes le relais.

— Ah merci, j'ai tout compris ! Si tu as envie de venir nous voir, n'hésite pas, tu seras toujours le bienvenu ! Car tu es trop OUF ! YEP ! Bonhomme qui sourit.

— ☺ pas « bonhomme qui sourit » (enlève les majuscules des touches / et °).

— ☺

— YEP !!!! ☺ .

J'ai passé beaucoup de temps à apprendre à dompter internet. Cela m'a rappelé mes années de piano, mais je n'étais plus sous la contrainte.

Le clavier n'avait plus de secret pour moi, seule mon arthrite naissante m'obligeait à faire des pauses.

Tous les jours, j'avais un commentaire ou un message privé d'un certain Louis, 82 ans. Il avait adoré l'épisode de notre sortie secrète au cinéma ainsi que l'interview au journal télévisé où il m'avait trouvée « bien conservée pour mon âge ». Un peu franc du collier comme compliment, mais honnête au moins. Louis voulait venir nous rendre visite samedi prochain. Je me méfie, mais j'ai accepté tout de même ; après tout, ce n'est pas un rendez-vous galant, juste une visite dans la salle commune avec mes amis.

À lundi prochain !

Lundi 3 novembre 2014

Emile nous a quittés, mardi dernier. Lorsque nous avons allumé la petite télévision en liaison directe avec sa chambre, ce ne fut pas Emile que nous avons vu, mais un message sur l'écran, qu'il avait fait inscrire à notre attention :

« Les voici, les p'tits Bleuets

Les bleuets couleur des cieux

Ils vont, jolis, gais et coquets,

Car ils n'ont pas froid aux yeux.

En avant partez joyeux ; Partez, amis, au revoir !

Salut à vous, les petits « bleus ».

Petits bleuets, vous notre espoir ! »

(Alphonse Bourgoin, extrait de *Bleuets de France,* 1916.)

Emile. Lui qui ne parlait que très rarement, qui ne participait pas à nos plans de révolution locale, lui qu'on pensait déjà parti dans une autre dimension… il avait compris mon combat. Nous nous surnommâmes « *Les Petits Bleuets* », en souvenir d'Emile.

« *Les bleuets continuaient à pousser dans la terre retournée par les milliers d'obus qui labouraient quotidiennement les champs de bataille. Ces fleurs étaient le seul témoignage de la vie qui continuait et la seule note colorée dans la boue des tranchées.* »
Wikipédia.

Message bien reçu, Emile. Je ne suis pas arrivée ici par hasard, d'ailleurs je ne crois pas aux coïncidences. Les coïncidences sont l'excuse de ceux qui refusent d'ouvrir plus grands leurs yeux, par crainte de réussir quelque chose qui les dépasse.

Monsieur le directeur, auriez-vous quelques instants à m'accorder ? demandai-je en entrant dans son bureau.

— Oui, Zélia, entrez. C'est gentil de venir me demander mon avis, je pourrais ainsi me préparer ! dit-il en posant son stylo et joignant les mains sur son bureau.

— Votre avis sur quoi ? Vous préparez à quoi ?

— À ce que vous vous préparez à entreprendre, j'imagine… Je commence à vous connaître, Zélia… Continuez donc, je vous prie…

— C'est-à-dire que je n'ai pas encore commencé, mais puisque je vois que vous apprécieriez une certaine franchise de ma part, voilà : nous devons tous aller à l'enterrement d'Emile. Même ceux qui ne peuvent plus marcher, ni parler. Tous. Nous sommes à la veille de la Toussaint …

— 26 personnes à emmener tout de même… Il nous faudrait un bus !

— Eh bien…

— Suis-je bête… ! Je parie que vous avez déjà votre idée sur la question, n'est-ce pas ?

— Non, vous n'êtes pas bête, monsieur le directeur, sinon vous ne seriez pas directeur, enfin… j'imagine… C'est juste qu'à votre âge, vous ne pouvez pas réfléchir comme une vieille dame comme moi.

— Arrêtez donc de me jouer du violon et donnez-moi les détails de votre plan diabolique.

— L'enterrement est ce jeudi, 14 h, à dix km d'ici. Le bus nous attend à 13 h 30 au coin de la rue et nous ramènera à 16 h 30 au même endroit. Vous êtes le bienvenu.

— Vous avez loué un bus ?

— Non, c'est mon ami Yann, le chauffeur de bus que nous avons rencontré lors de notre sortie cinéma. Je suis allée l'attendre à un de ses trajets pour en discuter avec lui. Jeudi est justement son jour de repos, et il a pu se débrouiller pour nous emmener.

Le directeur se prit la tête dans les mains en soufflant.

— Rien d'illégal, j'espère ? Ce Yann, j'espère qu'il ne risque rien avec son employeur ?

— Il m'a assuré que non et est ravi de nous rendre service. Alors, vous venez avec nous ?

— Je pense qu'il vaut mieux en effet…

— C'est une excellente nouvelle, il ne nous reste plus qu'à aller cueillir les fleurs, alors…

— Pardon ? Cueillir ? Vous ne pouvez pas passer une commande sur internet chez Inter Flora comme tout le monde, maintenant que vous êtes une « geek » ?

— Internet est effectivement très pratique, mais très impersonnel aussi… Nous irons dans les champs aux alentours : nous aimerions apporter un gros bouquet de fleurs des champs, dont des bleuets.

— Je comprends, dit-il dans un soupir. Je vais organiser une sortie commune avec Fabienne, cela conviendrait-il, ma chère Zélia ?

— Parfait, monsieur le directeur ! Je n'en demandais pas tant… Comme vous avez pu le remarquer, nous sommes ici dans une maison de retraite… Il y a beaucoup de personnes âgées, et c'est courant que des décès surviennent… Je ne vais pas pouvoir, à chaque enterrement, vous donner la possibilité de…

— C'est ce que je dis : je ne vous en demandais pas tant, le coupai-je. Merci monsieur le directeur.

Je sortis de son bureau pour annoncer aux résidents qu'ils pouvaient préparer leur plus belle liquette (pardon, chemise) ;-) pour jeudi, et des chaussures confortables pour la cueillette aux champs.

Jeudi fut une belle journée ensoleillée. Yann nous attendait dans son bus qui affichait via le bandeau lumineux : « *Ce bus n'est pas en service.* » Quelques clins d'œil très discrets furent échangés, pour ne pas perturber le directeur. La cérémonie fut simple et un énorme bouquet de fleurs des champs déposé sur son dernier lit. Emile aurait apprécié. D'autant plus que nous étions ses seuls spectateurs en direct derrière son bouquet de bleuets.

Et arriva la journée de samedi, avec ses visites. Cette fois, j'eus la mienne... avec Louis qui s'est pointé avec un bouquet de roses à la main... J'ai failli tourner les talons et tenter de l'ignorer, mais Fabienne l'a accompagné jusqu'à moi pour faire les présentations. Non, mais il se prend pour qui, ce Louis ! J'ai une réputation à tenir ici, maintenant ! Qu'est-ce qu'il croyait donc ? Que j'allais fondre en amour et dire une ânerie du genre : « Oh comme c'est gentil ! Il ne fallait pas... ». Il a eu juste droit au « Il ne fallait pas », mais pas sur le ton qu'il attendait. Je lui ai lancé un regard noir afin qu'il ne se méprenne pas. Les résidents ont également eu droit à mon regard assassin, car ils avaient tous arrêté leur conversation pour voir la scène.

Une fois les choses rentrées dans l'ordre, c'est-à-dire les fleurs dans le bureau de Fabienne et les yeux des résidents dans la bonne direction, j'ai rangé mes mitraillettes et j'ai invité Louis à visiter le jardin.

— Désolé pour les fleurs, je craignais de paraître impoli en arrivant les mains vides, dit Louis timidement.

— Les mains vides ont l'avantage d'être sincères, répondis-je d'un ton sec.

— Mes roses l'étaient aussi, je vous l'assure.

— Je n'en doute pas vu votre air de chien battu. Bref, on ne va pas en parler jusqu'à ce qu'elles fanent tout de même ! Pourquoi vouliez-vous me rencontrer ?

— J'ai suivi avec grand intérêt vos péripéties aux informations puis sur internet. Vous avez l'âme d'une vraie meneuse d'équipe et cela m'a impressionné !

— Oui et alors ? Vous voulez me proposer un boulot ? Trop vieille pour intégrer un parti politique quelconque ou postuler le rôle féminin du prochain James Bond…

— Loin de moi ces idées, je suis également trop vieux pour espérer changer quoi que ce soit pour mon pays ! L'accès au pouvoir ferme tellement de portes : il n'ouvre que celles qui sont pourries par l'individualisme. Ce que je souhaite, c'est simplement tenter d'améliorer la fin de ma vie sur cette bonne vieille Terre.

— Je connais quelqu'un qui vous dirait : « Mieux vaut tard que jamais » ! Ou encore : « Qui ne tente rien n'a rien » ! Je peux vous la présenter si vous voulez...

— Plus tard, peut-être : si vous l'appréciez, j'en ferai certainement de même. Ce qui m'attire vers vous, c'est justement votre non-conformisme. Votre discours au journal télévisé était ... impressionnant. Il vous en a fallu du courage pour parler avec autant de conviction, tenir des propos que personne n'était prêt à entendre. Et vous l'avez superbement fait. Les convenances, ce n'est pas votre fort. Je me trompe ?

— Je n'ai pas été courageuse. C'est quand on doute qu'il faut être courageux. Je ne doute pas un instant de la véracité de mes propos. D'ailleurs, si j'ai fait le « buzz », c'est parce que ce sujet est sensible et que personne n'ose soulever le lièvre. Pourquoi ? Parce que les futurs vieux de demain ne veulent pas vieillir : ils refusent d'envisager qu'un jour ils seront comme nous. Comme dans les familles qui ne se disputent jamais car elles ne parlent jamais de sujets qui fâchent : la politique de l'autruche. En gros, le chacun-sa-merde est d'usage entre les générations. Pourtant, avec l'espérance de vie qui augmente, chacun devrait se sentir concerné par ses futures conditions de vieillesse !

— Tant que les maisons de retraite jouiront d'une réputation de mouroir, rien ne changera.

— Exactement... Il est bien là, le dilemme : aujourd'hui, beaucoup de personnes âgées se plaignent d'être isolées, de n'avoir personne à qui parler, mais préfèrent tout de même rester seules chez elles… D'où un rythme de vie imposé à la famille (quand elles en ont encore une), le devoir de se relayer pour aller rendre visite, ce qui devient une contrainte. Ensuite, bien sûr, le second frein est l'aspect pécuniaire…

— Avez-vous une idée pour alléger le coût ?

— Malheureusement pas à 100% : aux Bleuets, environ la moitié d'entre nous est soit grabataire ou en route vers une autre dimension. Mais l'autre moitié serait capable d'être encore utile et productive, pourquoi pas même imaginer être capable de percevoir un petit revenu qui, en complément de leur retraite perçue, participerait au coût de la facture, allégeant ainsi la part financière familiale éventuelle.

— Vous allez choquer quelques octogénaires, ma chère ! plaisanta Louis.

— Oui, évidemment : ceux d'aujourd'hui n'ont pas été préparés à cette éventualité. Mais si cela était instauré avant même la fin des années de cotisations légales du travail, vous imaginez le changement d'approche de la vieillesse ? En continuant à créer, à produire, à réfléchir, vous empêchez votre cerveau de décliner, donc vous vivez plus longtemps en bonne santé physique ET mentale ! Comme le sport, il faut considérer notre cerveau comme un muscle et l'alimenter de projets et non le saturer de souvenirs autodestructeurs… Regardez Michel Drucker !

— Enorme, ma chère Zélia ! Je ne regrette pas d'avoir fait le déplacement. Non seulement vous êtes rayonnante, mais en plus vous êtes…

— … hors sujet !

— Bon, je retiens : pas de fleurs, pas de compliments. Il y a juste un créneau dans le temps que je ne situe pas bien dans ce discours ; par exemple, je termine mon travail à 65 ans : je suis encore dans une bonne forme, je ne souhaite pas partir en maison de retraite. Cependant, dix années plus tard, je suis veuf, fatigué, je fais la démarche d'entrer aux Bleuets. Pendant ces dix années, j'ai pris des habitudes et cela sera très difficile et traumatisant pour moi de bouleverser mon quotidien à ce point, non ?

— Eh oui mon coco, donc pourquoi ne pas utiliser ces dix années à te préparer, en restant actif dans un domaine que tu auras le luxe de choisir, ou t'adapter à des besoins du moment dans la collectivité ou autre ? Pas au rythme de 39 h par semaine, bien sûr. Le principe étant de ne pas « végéter » ! Elle est là, la recette ! Si tu sais déjà que tu vieilliras mieux en utilisant bien ton temps, c'est tout de même plus constructif que de se faire assister le moment venu et se plaindre tout le restant de ses jours ?

— Oui, vu comme cela, c'est intéressant. Et pour ceux qui en sont incapables pour cause de trop mauvaise santé, ce qui est souvent le cas ?

— À réfléchir… Peut-être envisager une certaine solidarité entre séniors, des maisons de retraite adaptées selon le degré de ta barre d'autonomie, comme dans les jeux vidéo, plaisantais-je. Cela étant, je n'ai pas la prétention d'avoir toutes les réponses ; c'est comme en cuisine : une recette s'améliore après plusieurs tentatives.

— À ce propos, puis-je vous inviter à dîner ce soir ?

— Vous recommencez à dériver, Louis…

— C'est trop tôt, je pense…

— Trop tôt pour quoi ?

— Pour rien, j'ai essayé. Ce n'est pas vous qui allez me blâmer de prendre une initiative tout de même ?

— Rien à ajouter. No comment, comme on dit.

ooo

1945

En février, avec l'aide de quelques autres adolescents, j'ai réussi à fausser compagnie aux Allemands, qui tentaient de nous déplacer avant l'arrivée des Alliés. Nous avons fini par rejoindre des hommes avec le bon

uniforme cette fois. J'étais sauvée. Seule, mais vivante.
Après quelques semaines, je suis revenue en France, à
Paris. Il y avait beaucoup à reconstruire et je n'eus pas
de mal à trouver un travail chez l'habitant, dans une
auberge. J'y fus heureuse jusqu'en 1952. Après un
voyage aux États-Unis, les propriétaires de l'Auberge
sont revenus avec la poliomyélite, furent mis en
quarantaine et décédèrent en très peu de temps. Je me
suis retrouvée seule avec leur fils, Edgard, un abruti de
première ... Mais à l'époque, je ne le savais pas encore.

N'ayant plus de famille et pas assez d'argent pour partir
commencer une nouvelle vie, j'acceptai d'épouser
Edgard.

ooo

Nous nous sommes quittés ainsi ce jour-là avec Louis,
sur une invitation refusée de ma part. J'ai comme
l'impression qu'il ne va pas lâcher l'affaire aussi
facilement… Je l'ai vu dans son regard. Louis est très
intelligent, il prend son temps. Je ne sais pas encore ce
qu'il mijote, mais je dois rester sur mes gardes. Cela dit,
la visite d'un étranger me fait du bien : nouveau visage,
attentions mystérieuses, discussions intéressantes
désintéressées… plutôt prometteur pour un début
d'amitié, si début d'amitié il y a.

Je me méfie moins de cet inconnu que de mon propre fils.

J'essaierai d'être un peu plus aimable la prochaine fois… à condition qu'il vienne les mains vides.

À lundi prochain.

Lundi 10 novembre 2014

Rien de bien spécial cette semaine. Les premières gelées ont fait leur apparition. Nous nous sommes laissé conter la météo par Isabelle, qui chérit ces changements météorologiques, car ce sont les moments propices pour placer ses dictons de prédilection.

— À la Saint Charles, la gelée parle !

— À la Saint Charles, tu ne joues pas pendant que tu parles ! précisa Denis, attendant depuis un bon moment qu'Isabelle joue sa carte pour qu'il puisse placer son petit.

— Oui, oui Denis… Tout vient à point à qui sait attendre, répondit-elle en posant son vingt d'atout.

— Deux fois que je me fais prendre le petit et que je perds, ça suffit. Restons concentrés sur le jeu, Isabelle, la météo peut attendre ! dit-il en posant son petit.

— Jamais deux sans trois ! jubila Félix en posant le 21.

— J'ai rien dit ! se défendit immédiatement Isabelle.

— C'est pas vrai… Je n'ai jamais de chance au Tarot.

— Malheureux au jeu, heureux en amour ! » tente Isabelle pour lui remonter le moral.

Denis lâcha tout à coup son jeu et quitta la table. Le bruit strident des pieds de chaises qui raclent le carrelage nous fit tressaillir.

— Tiens, le temps se couvre, on dirait…, dit Félix.

— Ça s'appelle : « Rater une occasion de se taire », ma chère Isabelle. Tu devrais la rajouter, celle-là, dans ton recueil, fit Dominique.

— Oui, je crois que j'ai fait une boulette.

— Ah oui, bien vu la belote. Qui est tenté ? proposa Félix.

Isabelle est allée rejoindre Denis pour s'excuser, mais elle ne l'a pas trouvé. Ce jour de la Saint Charles fut une journée assez froide dans l'ensemble, donc.

De mon côté, j'ai continué à me familiariser avec internet. Grâce aux moteurs de recherche, j'ai commencé à dresser une liste des maisons de retraite du département. Mon but serait de réussir à me créer un réseau social spécial maison de retraite. Il faut que j'y travaille, mais pour que cela soit efficace et rapide, j'aurai besoin de me déplacer, un peu comme un commercial itinérant, mais qui n'aurait rien à vendre.

Le virtuel, c'est bien pour amorcer, mais rien ne vaut le contact réel pour conclure. Surtout avec un public qui a eu la chance d'avoir été émerveillé par le 22 à Asnières, la télévision en noir et blanc et le lavage des couches en tissu à la main : si, à l'époque, on avait dit au même public qu'un jour, en regardant une réclame à la télévision, il commanderait des couches jetables pour bébés sur internet… il se serait cru dans un récit de science-fiction ! Donc aujourd'hui, si dans un mail, je lui dis qu'il va falloir qu'il se bouge le popotin et remette en fonction sa matière grise en arrêtant de se morfondre… J'ai comme un doute sur la bonne réception du message, même si le réseau est bon. Mon premier gros souci va être le transport. Je peux visiter quelques maisons en bus, Yann pourra me conseiller pour les trajets les plus directs. Pour les autres, j'aviserai au moment opportun. À première vue, il y a plus de 70 maisons de retraite, tous établissements confondus, dans le département. Impossible de toutes les visiter. Mais pas impossible que la plupart soient sensibilisées.

Samedi, Louis n'est pas venu. J'ai peut-être été trop dure avec lui. Pour la première fois depuis que je suis ici, j'ai ressenti une certaine solitude en ce samedi après-midi. J'ai compris la déception qu'éprouvent certains résidents qui ne reçoivent pas de visites. Ne voulant pas laisser s'installer cette émotion néfaste et inutile, je suis allée m'installer auprès des malchanceux solitaires du jour pour leur lire une histoire de Guy de Maupassant : Le Horla. Ils ont bien aimé !

À lundi prochain !

Lundi 17 novembre 2014

Ceci est la page officielle directement entretenue par Zélia. Et il n'y en a pas d'autres.

Voilà ce que l'on peut lire en se connectant sur Facebook en tapant MDR27 dans la loupe. MDR, comme « maison de retraite » (beaucoup mieux qu'EHPAD, non ?). Je suis retournée sur la page que Julien avait créée, « **Sauvons les Bleuets** », pour contacter le résident de la maison des Jacinthes qui m'avait laissé un message. Je lui ai envoyé mon adresse de messagerie afin qu'il me contacte directement :

Cher(e)s résident(e)s des Jacinthes,

Ci-joint un lien qui permettra à chacun d'entre vous de se créer une adresse de messagerie gratuite, afin d'accéder à la page officielle de MDR27 sur Facebook : nous pourrons ainsi échanger entre résidents des maisons de retraite de notre département, partager des moments de vie, apprendre à nous connaitre. Voici mon adresse e-mail personnelle : zelia.mdr27@yahoo.com. Je peux venir aux Jacinthes et vous aider à paramétrer votre compte afin de le sécuriser. Si vous avez des contacts dans d'autres établissements EHPAD du département, merci de me les communiquer afin que j'entame la démarche identique.

« Plus on est de vieux, moins on s'ennuie ! ☺ Zélia »

Seconde étape : ma paroisse. Création en masse des adresses de messagerie pour les premiers volontaires, l'équipe des Petits Bleuets au grand complet bien évidemment. Non négociable pour eux. Le frein le plus important pour l'instant, c'est l'accès à l'outil. Peu de résidents sont équipés d'un ordinateur portable. Pour les bonnes volontés, il y aura celui de la salle commune, mais cela risque de bouchonner si mon entreprise fonctionne. Il va falloir envisager d'ajouter une ligne au planning des Bleuets, Monsieur le directeur… Solution possible : récupération des anciens ordinateurs dans les familles ; les enfants, petits-enfants ont pratiquement tous une tablette aujourd'hui… D'où des ordinateurs portables laissés à l'abandon dans les fonds de tiroirs.

Quels sont les points communs entre un vieil ordinateur et un sénior en maison de retraite ? Ils sont vite obsolètes et remplacés, mais on les garde quand même dans un coin, ils peuvent toujours servir ! ☺

Les petits bleuets sont enchantés d'avoir créé leur propre adresse électronique. Chacun l'a notée sur un papier ou dans un petit cahier et se promènent avec, fiers comme s'ils venaient d'obtenir la Légion d'honneur.

Blaise mit son petit carnet dans sa poche de chemise, le laissant allègrement dépasser. – Dominique s'en sert d'éventail. – Renaud fait mine de lire une encyclopédie alors que seule son adresse figure sur son bloc-notes. – Étienne la recopie, la recopie, la recopie… – Martine se demande si elle n'aurait pas dû choisir un pseudo. Quant à Denis, il s'inquiète pour la confidentialité de son compte. Ensuite, ils ont passé un après-midi entier à s'envoyer des e-mails les uns aux autres, émerveillés par la petite enveloppe qui surgit à chaque réception de message.

Il faudra tout de même que je donne un cours particulier approfondi à

Étienne, car, persuadé qu'elles ne devineraient pas l'expéditeur, il a envoyé à Isabelle, Martine et Dominique :

« Rendez-vous ce soir dans le jardin pour voir de plus près mon petit oiseau.

Signé : votre Roméo anonyme. »

Dès le lendemain matin, Amélie des Jacinthes m'a répondu :

« Ravie d'avoir reçu ton message, ma chère Zélia !

Excellente ton idée pour « MDR27 », je vais faire tout mon possible pour convaincre un maximum de résidents ici, aux Jacinthes. Ce ne sera pas facile, car peu possèdent un accès internet et beaucoup sont réticents à se familiariser avec un ordinateur : ils sont persuadés qu'ils sont trop vieux pour s'y mettre. Mais je pense que dès qu'ils verront le résultat, ils vont adorer ! J'ai une webcam sur le mien, et toi ?»

(Petit à petit, l'oiseau fait son nid ! dirait Isabelle.)

J'avais également un second message dans ma boite.

« *Vous avez des idées.*

J'ai une voiture.

Je ne sais comment procéder. Vous en avez la stature.

Je passe vous chercher demain à 14 heures. Sans compliment ni fleur.

Louis. »

Quelques rimes valent parfois mieux qu'un long discours. Un bon point pour Louis. Il avait dû voir le message que j'ai posté sur « **Sauvons les Bleuets** » pour Amélie. Après les compliments et les fleurs, il tentait la poésie. Mais j'avoue que sa proposition tombait à point nommé !

Refuser aurait été une erreur pour mon entreprise. Si je m'étais laissé aller, j'aurais répondu :

« *Votre galanterie me touche, et vous avez fait mouche.*

À 14 h, je vous attendrai.

Aux abords des Bleuets ».

Mais répondre en poésie aurait pu lui faire espérer conter fleurette, donc je répondis simplement :

« *Ok, ça roule.* » Moins glamour, mais tout aussi efficace.

Afin de créer une base de relation solide avec l'équipe d'Amélie, j'ai décidé de commencer mon apprentissage des discours aux Jacinthes.

« Chère Amélie,

Pour l'instant, je n'ai pas de webcam. Je vais m'organiser pour pallier cette lacune dès que possible. En attendant, pourrais-tu me préparer un café bien fort pour demain vers 14 h 30 ? J'amène quelques chocolats. Zélia »

J'avais peu de temps pour préparer un laïus qui se devait d'être convaincant, adapté à mon public et surtout non culpabilisateur. Je devais y aller en douceur, ne pas dévoiler tous les points de mon projet en une seule fois… tout en étant assez percutante afin qu'ils se décident rapidement !

Nous ne pouvions pas tous nous rencontrer dès le lendemain, Jacinthes et Bleuets. Trop compliqué à organiser en si peu de temps. Nous rencontrer physiquement, non… mais virtuellement, pourquoi pas ? J'ai laissé un message privé à Julien sur la page du réseau social **Sauvons les Bleuets** :

— Bonjour Julien, J'ai un besoin urgent de tes compétences : pourrais-tu me répondre rapidement ?

Moins de trois minutes plus tard, l'icône du tchat clignotait.

— Hey Zélia ! Que puis-je pour toi ?

— C'est gentil de me répondre aussi rapidement. Voilà, demain je me déplace avec un ami à la MDR des Jacinthes et je voudrais installer une webcam sur le vieil ordinateur ici aux Bleuets afin que les résidents puissent faire connaissance à travers cet outil. Une résidente des Jacinthes en est déjà équipée, nous pourrions ainsi nous connecter en direct. Pourrais-tu m'en prêter une juste, pour quelques jours avant que je trouve une autre solution ?

— Une webcam ? Waouh... Ça existe encore, ça ? C'est-à-dire que maintenant, les ordinateurs en sont équipés d'office ; elle est intégrée directement en façade dans l'écran... Je vois ce que je peux faire et je te recontacte, Mam'Z.

— D'accord, j'attends, merci.

Eh oui, je n'y avais pas pensé, mais l'ordinateur d'ici est comme nous tous : il n'est plus de toute première jeunesse, mais il fonctionne, lentement et sûrement. J'espère que, comme nous, il acceptera une légère modification de ses programmes !

— C'est qui le plus fort ? C'est encore Juju ! Mate bien le ciel cet aprèm Mam'Z, tu vas recevoir ta webcam par drone vers 16 h.

— Ma webcam dans le ciel ? Par satellite ?

— Euh non … Je suis trop fort, je sais, mais pas à ce point-là. J'ai un pote, Remy, qui bosse chez « Equateur ». Tu sais, c'est un site internet où tu peux commander des tas de trucs sympas en livraison rapide. En ce moment, il teste un nouveau système de livraison express par drone, donc je lui ai passé commande. En plus, tu as de la chance, car comme plus personne n'achète ces trucs-là, mon pote te l'envoie gratos. Alors ? C'est qui le plus fort, j'attends ?

— Je reste sans voix. À 16 h, je serai dehors pour attendre le facteur, Monsieur Drone, c'est bien son nom ?

— Haha ! Super Mamie… Ce n'est pas le facteur ! Un drone, c'est un genre de tout petit hélicoptère électrique qui va t'apporter ton colis directement chez toi.

— Un hélicoptère tout petit ? C'est un nain qui le pilote ?

— MDR (pour mort de rire) ; non, il n'y a pas de pilote ! Un conseil : ne lui dis pas merci, sinon tu vas croire qu'il est malpoli : il ne te dira ni bonjour ni au revoir ! Bienvenue au 21e siècle !

— …

— Ne t'inquiète pas : le drone te dépose le colis, tu le prends et c'est tout. Ensuite, tu m'attends. Je quitte les cours à 17 h, le temps d'arriver à ta crèche, je suis là vers 17 h 20 et je t'installe ta Cam. OK ?

— Oui, voilà… On va faire ça (c'est tout ce que j'ai trouvé à répondre).

— À tout' ☺

— ☺

Heureusement que cette conversation était par écrit, j'ai pu la relire une dizaine de fois pour être certaine d'avoir bien compris. Hélicoptère. Colis. Pas merci. Ce n'est pas compliqué à retenir, c'est l'enchaînement qui me laissait perplexe. Il aurait peut-être fallu que je prévienne au moins les résidents pour éviter la panique, mais je ne me voyais pas expliquer ce que moi-même j'avais du mal à comprendre. Julien avait précisé que l'engin était petit, il passerait sûrement inaperçu…

…ou pas.

Seulement voilà. Cet après-midi-là, j'ai fait la connaissance des résidents du second étage. L'étage des plus heureux, comme dit Martine. C'est son point de vue, pas le mien. C'est à cet étage que sont placés les patients atteints d'Alzheimer et démences associées. Je n'en avais pas fait allusion jusqu'ici, car nous ne les côtoyions jamais. Ils restent dans leur monde, n'ont pas la possibilité de descendre au rez-de-chaussée ; d'ailleurs, leur ascenseur fonctionne uniquement avec une clé que seul le personnel possède.

Seulement voilà. En cette belle journée aux températures idéales, une exception avait été faite par le responsable du service : 30 minutes de promenade autorisée dans le jardin. Monsieur le directeur est venu nous demander gentiment de leur faciliter l'accès aux allées du jardin, afin de ne pas les perturber. Bien sûr, personne n'y a vu d'inconvénient, d'autant plus que nous ne tenions pas tellement à voir ce à quoi nous pourrions ressembler si nous finissions ainsi un jour. Heure du lâcher : 15 h 45 / 16 h 15, pas trop chaud, pas trop froid, juste avant la collation. Enfin, la collision plutôt… Eh oui… Pile à l'heure, mon drone. Heureusement pour moi, il n'y a pas eu de blessé. Juste un mort. Le drone. Se croyant attaqué, un déambulateur a protégé son propriétaire en levant férocement ses quatre pieds vers l'engin. Le drone, n'étant pas en terrain conquis, n'a pas anticipé cette levée de bouclier et a fini son vol au milieu d'une panique générale. Mon colis est tombé dans les bras d'un ancien militaire, qui a cru à une pluie de grenade et l'a balancé en criant « *Pour la Patrie, toujours présents !* » ; un ex-rugbyman l'a réceptionné en hurlant : « *Si on est plaqué, on reste debout !* » : essai marqué dans la fontaine. La supposée grenade n'explosant pas, cela aurait pu se terminer ainsi… mais le drone, en phase terminale, était secoué de spasmes et ressemblait à une énorme araignée qui venait de recevoir une dose d'insecticide insuffisante pour être fatale. Les aides-soignants ont appelé leurs collègues du rez-de-chaussée à la rescousse pour calmer leurs patients qui formaient déjà une mêlée autour de la tarentule. J'ai eu tout juste le temps de récupérer mon colis (heureusement dans une boite en plastique étanche) car l'ancien militaire voulait le récupérer, croyant toujours que la grenade risquait d'exploser :

— Lâche ça, vermine ! Où on va tous y passer !

— Monsieur, calmez-vous, ce n'est pas ce que vous croyez, c'est un malentendu…

— Un malentendu ? Mon cul ! Vous savez les dégâts que ça fait quand ça pète, ces machins ? Du hachis Parmentier humain ! Je vais vous sauver malgré vous, donnez-moi ça !

Il a essayé de me l'arracher des mains, il était fort, le bougre ! Derrière lui, l'ex-rugbyman a donné un coup de pied franc sur le drone pour faire un dégagement spectaculaire… qui vint terminer sa course sur le crâne du militaire. Crâne : 1. Drone : 0. Partie terminée. C'est ainsi que j'ai récupéré mon colis : par forfait de l'adversaire. Il avait la tête dure, Gustavo le militaire. Il n'a même pas cillé. Il a gardé les yeux grands ouverts après le choc, et a juste dit :

— Oui, mon capitaine. Bien, mon capitaine. Repos. Une. Deux. Une. Deux. Une. Deux…

Et il est rentré dans le bâtiment, en rythme. En passant, il a attrapé le bras d'un aide-soignant et a claironné :

— Allez, jeune moussaillon ! En avant ! La gloire n'attend pas les fainéants ! Vers l'infini et au-delà !

— Tout le monde suit Gustavo, les amis ! dit Monsieur le directeur. La promenade est terminée !

— Non, pas question ! hurla Sébastien le rugbyman. Les extraterrestres sont parmi nous, ils vont revenir chercher leur engin espion comme dans X-Files ! Faut trouver Mulder et Scully ! Regardez ! Ils ont déjà transformé Gustavo en l'un des leurs !

— Mais non Sébastien, tout va bien. Gustavo est parti se reposer, la promenade l'a épuisé.

— Et ce vaisseau alors ? Regardez ! Son nom est écrit dessus : « *Equateur point Fr* » : sûrement les coordonnées de leur galaxie !

— Sûrement oui, sûrement… Nous allons mener l'enquête, ne vous inquiétez pas ; allez, rentrez tous. Allez prendre votre goûter, c'est bientôt l'heure.

Vu le regard que monsieur le directeur me lança, le mien de goûter n'allait pas être gouteux… Moi qui voulais rester discrète sur ce coup-là !

Finalement, je n'ai pas eu de réprimande. Je lui ai expliqué le concours de circonstances, il a admis que ce n'était pas ma faute, mais m'a rappelé de le tenir au courant de mes prochaines livraisons express. Je l'ai rassuré en lui expliquant que, vu l'état de ce drone expérimental, la confiance qui m'avait été accordée par le vendeur de chez Équateur était désormais compromise.

Julien était à l'heure. Je ne lui ai pas raconté tout de suite l'épisode sur l'invasion des extra-terrestres, j'ai attendu que la webcam soit installée et qu'il m'explique son fonctionnement. Je craignais qu'il se fâche, après tout ce qu'il avait fait pour moi... J'ai pris mon courage à deux mains.

— Euh..., Julien..., À propos du drone, comment dire... Il y a eu un petit problème...

— Oui, je ne sais pas ce qu'il s'est passé, il n'est jamais rentré chez Équateur. Mon pote m'a envoyé un SMS pour me demander si tu avais bien reçu le colis, car il a, de son côté, perdu la connexion avec le drone au moment de la livraison.

Alors je lui ai tout raconté. J'avais toujours cru que je ne savais pas raconter les histoires drôles, mais je n'ai jamais vu quelqu'un rire autant de toute ma vie !

— Alors là, Zélia, excellent ! J'en ai mal au bide ! J'imagine la scène avec le drone et Buzz l'Éclair en pyjama dans le rôle principal ! Aaaahh ! Aaaahh ! La dernière fois que j'ai ri autant, c'était devant « *Le Père Noël est une ordure* » ! Bientôt aussi culte que ton histoire, à mon avis !

Je ne sais pas, dans ce cas, si c'est la jeunesse qui est belle ou si être vieux vous exempte de toute réprimande.

La suite demain, je suis fatiguée ce soir.

Mardi 18 novembre 2014

Le lendemain, jeudi, Louis m'attendait, appuyé contre la portière de sa Mercédès noire. Il avait les mains dans les poches, les jambes croisées, tel un dandy… ou un chauffeur. Choisissant la seconde vision, je lui fis un sourire approprié. Il m'ouvrit la portière côté passager avec un spongieux :

— Si madame veut bien se donner la peine.

— Direction la MDR des Jacinthes, me prêtai-je au jeu.

— Comme il vous plaira, dame Zélia !

En route, je lui ai expliqué comment je comptais m'y prendre une fois avec Amélie, pour tenter de créer une sorte de communauté virtuelle entre les Jacinthes et les Bleuets. Si cela fonctionnait, j'envisagerais alors d'élargir mon champ d'action dans les autres MDR du département. L'équipe des petits Bleuets était prête de son côté, j'avais passé la soirée de la veille à leur expliquer le fonctionnement de la webcam. L'heure du rendez-vous virtuel était fixée et ils avaient préparé une petite présentation personnelle de bienvenue. Louis, une fois de plus, paraissait impressionné par mon organisation.

— J'ai réfléchi à notre petite conversation de l'autre jour, à votre suggestion pour les personnes âgées qui sont en maison de rester productives dans le but de financer une partie de leurs frais. À quels genres d'activités pensez-vous ?

— En partant du principe que nous avons tous un domaine dans lequel nous excellons, ce pourrait être des petits travaux de couture, des ventes de gâteaux… Nous pourrions également publier un recueil de nouvelles écrites par les résidents ; partager des expériences avec les jeunes apprentis dans les entreprises ; Denis, par exemple, s'amuse à concevoir des grilles de mots fléchés, Isabelle a travaillé toute sa vie dans un pressing : c'est une pro du repassage. Elle pourrait se mettre en télétravail dans le domaine du service à la personne. Vous voyez l'idée ? Bien sûr, dans un premier temps, cela ne rapporterait pas beaucoup. Le peu que nous réussirions à gagner serait mis dans un fonds commun, réparti équitablement entre les adhérents de la MDR concernée. Mais il faut commencer à modeler les mentalités doucement. Je ne peux pas révolutionner des décennies d'inaction en quelques jours. Commençons avec les volontaires, voyons le résultat et espérons l'effet boule de neige.

— Il faut créer une association loi 1901 afin de gérer les rentrées d'argent légalement, en accord avec Les Bleuets dans un premier temps.

— Oui ! C'est une bonne idée, Louis ! Vous voudriez vous en occuper ? Je ne pourrais pas tout faire toute seule.

— Si vous acceptez ces quelques chocolats que je vous ai apportés, d'accord ! dit Louis en ouvrant la boîte à gants.

— Zut ! Les chocolats ! J'ai oublié…

— Oublié quoi ? De les ajouter à la liste de ce que je ne dois pas faire ? dit Louis sur un ton dépité.

— Non, j'avais dit à Amélie que j'apporterais quelques chocolats pour partager avec le café. Avec tout ce qui s'est passé hier, je les ai oubliés…

— La chance ! Maintenant, vous êtes obligée de les accepter ! Même si ce n'est pas vous qui les mangerez, j'imagine…

— Promis, j'en goûterai un… ou deux ; vous ne m'en voulez pas ?

— Je commence à vous connaître, ma chère Zélia. Ce ne sont pas des vents que je me prends avec vous, ce sont des blizzards ! dit-il, résigné.

Nous étions arrivés devant la MDR des Jacinthes. Une dame âgée en robe violette, avec un chapeau rose pâle couronné d'un rossignol butinant dans des fleurs séchées, m'ouvrit les bras en guise de bienvenue. J'ai eu à peine le temps de descendre de la voiture qu'elle s'est empressée de me prendre dans ses bras.

— Zéliaaaaa ! Bienvenue aux Jacinthes, ma chère amie. Nous étions tellement impatients de faire ta connaissance.

— Enchantée Amélie, moi aussi je suis ravie.

— Je t'ai préparé un bon café et je vois que tu as pensé aux chocolats, c'est adorable ! Ton taxi t'attend ou il revient te chercher tout à l'heure ?

— Ce n'est pas un taxi, c'est un ami : Louis. Il a eu, entre autres, la gentillesse de m'accompagner.

— Les amis de Zélia sont mes amis ! Louis, venez donc, j'ai fait du café pour la résidence entière !

— Non, je vais vous laisser entrer…

— Ta ta ta ! Vous n'allez pas attendre dans la voiture comme un vulgaire chauffeur, allez, venez nous rejoindre. Venez donc goûter les chocolats de Zélia avec nous !

Amélie avait prononcé ces mots de telle façon qu'il aurait été impoli de refuser, sous peine de passer pour un malotru.

Nous voilà donc installés dans la salle principale des Jacinthes, autour d'une grande table préparée en mon honneur, café fumant, petits gâteaux secs et une dizaine de résidents habillés comme pour une occasion spéciale. Une fois les présentations faites, les convenances d'usage respectées et l'inventaire des rhumatismes comparés, nous avons pris le temps de partager et déguster les chocolats de Louis, délicieux avec le café made in Italie d'Amélie. J'ai décidé de prendre la parole rapidement, afin d'éviter les questions embarrassantes de comparaison entre les Bleuets et les Jacinthes que je sentais poindre à l'horizon...

J'aimerais maintenant vous présenter mes amis des Bleuets. Grâce à Amélie et à sa caméra, cela va être possible, n'est-ce pas Amélie ?

— Oui, tout à fait, Zélia. Juste le temps d'ouvrir le bon fichier et c'est prêt ! Approchez-vous les amis, la séance va commencer !

15 h 15 : L'équipe des Petits Bleuets était prête, au complet, devant la webcam installée par Julien. Ils étaient à l'heure. Lorsque la première image est apparue sur l'écran d'Amélie, un éclat de rire s'est fait entendre parmi les résidents des Jacinthes. En effet, j'eus du mal à me retenir de pouffer de rire également en voyant les trombines de Blaise, Étienne, Isabelle et Félix, le nez tendu en avant vers la webcam, la bouche entr'ouverte en gros plan. (Il faudra que je pense à rappeler à Étienne de s'équiper d'une tondeuse à nez... Il existe des trucs formidables de nos jours, ce serait dommage de s'en priver !) Ils s'étaient connectés avant nous et attendaient le « go » de début de conversation.

— Coucou les amis ! Reculez-vous un peu, vous allez nous postillonner dessus ! plaisantai-je pour abréger la scène burlesque.

— Ah oui… Pardon… Zélia ? C'est Blaise. Tu me vois ? dit-il en essuyant puis tapotant avec son ongle la webcam, ce qui émit un effroyable larsen côté Jacinthes.

— Oh oui, je te vois très bien et surtout, je t'entends ! Pas besoin de marteler la webcam, elle ne t'a rien fait, Blaise. Si tu veux nous voir aussi, regarde l'écran de l'ordinateur, pas la caméra, voyons !

— Ah oui… tu es là aussi…, dit-il en baissant enfin un peu les yeux. Enfin, vous êtes là ! Bonjour à tous ! Eh les autres là, dites « Bonjour ! ».

Dans un réflexe naturel, les autres en question se sont rapprochés de nouveau tout près de la caméra pour dire *Bonjour !* Un très beau hâle de buée a recouvert la webcam.

— Les amis, restez assis sur vos chaises : nous vous voyons et vous entendons de là où vous êtes, je vous assure ! Regardez comment nous sommes de notre côté : faites pareilles et ce sera très bien. Nous pouvons peut-être commencer les présentations, qu'en pensez-vous ?

— Oui, je commence ! s'empressa Étienne. Voilà : je m'appelle Étienne, j'ai 81 ans, je vis seul dans ma chambre des Bleuets et je cherche…

— Étienne ! Nous ne sommes pas à un speed dating ! le coupai-je.

— Un quoi ?

— Ce n'est pas un club de rencontre ! Nous nous présentons simplement pour l'instant, entre les Bleuets et les Jacinthes.

— Bah oui, mais bon… C'est que j'ai 81 ans ? moi ! Je n'ai plus de temps à perdre…

— Tu n'es pas seul, Étienne. À mon tour, j'ai tiré au sort le numéro 2. Bonjour, je m'appelle Denis, j'ai 74 ans et…

— DENIS ! C'est toi, Denis ?

Une dame derrière moi s'est rapprochée de l'ordinateur d'Amélie. Elle a scruté de près l'écran et a failli tomber de stupeur. Nous l'avons obligée à s'asseoir pour qu'elle reprenne ses esprits, un verre d'eau pour la rafraîchir.

— Chantal ? C'est bien toi, Chantal ? Tu es à la maison de retraite des Jacinthes ? Mais… mais… Depuis combien de temps ?

— Je suis ici depuis deux ans… Depuis que tu m'as quittée, Denis.

— Depuis que JE t'ai quittée ? C'est toi qui n'es pas venue à la gare, au quai numéro 9, TGV 8156, voiture 15, départ 16 h 02 ! Je t'ai attendue jusqu'au départ du train, tu n'es jamais venue…

— Quai numéro 9 ? Non, tu te trompes, c'était le quai numéro 6. Mais quand je suis arrivée, le train était déjà parti. Pourtant je suis arrivée en avance… Et tu es parti sans moi…

— Non, Chantal. C'était bien le quai numéro 9. Tu m'as attendu sur le mauvais quai. J'ai regardé le train 8156 partir, je ne l'ai pas pris. Je n'avais pas le cœur à partir sans toi…

— Euh… C'est mon tour, j'ai le quai numéro 3 … Euh, le ticket 3, je veux dire ! interrompit Félix.

— Ta gueule, dit sèchement Denis, sans détourner le regard de l'écran.

— Ok, dit Félix d'une toute petite voix, croisant les bras sur son gros ventre, comme un enfant capricieux que l'on venait de gronder.

Après un long silence que personne n'a osé troubler, Denis a repris :

— Qu'as-tu fait ensuite ?

— Je suis retournée auprès de mon mari, avec ma valise. Il était rentré plus tôt de son voyage, et quand il m'a vu revenir avec une grosse valise, il a voulu savoir d'où je venais. Je lui ai tout raconté : que j'étais sur le point de le quitter, que je ne supportais plus ses absences trop longues et que j'avais rencontré quelqu'un d'autre dont j'étais tombée amoureuse. Il l'a très mal pris et m'a demandé pourquoi finalement j'avais décidé de revenir. Quand je lui ai dit que c'était parce que mon amant n'était pas au rendez-vous, il m'a répondu que je choisissais mes amants comme mon mari : toujours absents. Et que c'était bien fait pour moi. Je suis restée encore quelques jours avec lui, ensuite il m'a quittée pour aller retrouver une de ses maitresses, de vingt ans sa cadette. De nouveau seule, j'ai demandé le divorce et obtenu de quoi subvenir à mes besoins ici, aux Jacinthes. Et toi, qu'as-tu fait ?

— Je suis allé sur la tombe de mon épouse pour lui expliquer que j'avais essayé de refaire ma vie sans toutefois y parvenir, malgré la promesse que je lui avais faite ; j'avais rencontré une femme formidable qui m'avait laissé tomber sur le quai de la gare et que je n'étais pas homme à encaisser plusieurs défaites. C'est à ce moment que j'ai décidé de finir ma vie seul. Puis, un jour, j'ai eu un malaise. Lorsque j'ai rouvert les yeux, 48 h s'étaient écoulées sans que je m'en aperçoive. Coma ? Je ne sais pas. J'étais déshydraté et je baignais dans mes excréments. Je crois bien que j'ai failli mourir, quand j'y repense aujourd'hui. Je me suis alors rendu compte que j'étais vraiment seul : si j'étais mort ce jour-là, personne ne m'aurait retrouvé… même pas le facteur. L'odeur aurait fini par attirer les loups, là-haut dans mon chalet de montagne. Je n'ai pas voulu finir ainsi, donc j'ai vendu mon terrain et suis venu m'installer aux Bleuets. J'y ai trouvé d'autres vieux loups, mais sympathiques ceux-là.

— Putain… c'est mieux qu'à la télé ! dit Jacques.

Un autre long silence. Amélie, assise dans son coin, les larmes aux yeux, a fini en rythme la boite de chocolats, entre deux reniflements sonores.

Félix a levé le doigt, tel un écolier à son professeur.

— Bon, eh bien moi, je m'appelle Félix… mais je suppose que tout le monde s'en fout maintenant ?

Les présentations mutuelles ont continué et l'ambiance festive a repris peu à peu le dessus. Les adresses de messagerie internet se sont échangées, des affinités se sont constituées. Je me suis rapprochée d'Amélie et de son chapeau bucolique, pendant que de nouvelles amitiés se créaient dans l'euphorie via le net.

— Plutôt pas mal pour une première rencontre, tu ne trouves pas ?

— Oui, c'est merveilleux ce qui se passe ici, aujourd'hui. Il ne faut pas s'arrêter là. Il faut mettre en place des connexions comme celle-ci dans les autres MDR.

— Tout à fait. C'est bien là où je voulais en venir. Pourrais-tu recenser auprès de tes résidents des contacts dans les MDR du département susceptible de faire ce que tu as démarré ici ? C'est-à-dire préparer le terrain avec l'installation d'un ordinateur, la création d'adresses e-mails pour partager sur MDR27, ce genre de choses ?

— L'information, je peux effectivement la relayer auprès de quelques contacts que nous avons dans les autres maisons. Mais il faut du concret pour que la sauce prenne. Sinon, cela restera une recette inachevée. Beaucoup n'ont jamais touché un ordinateur de leur vie, alors leur présenter l'idée par le biais d'un message électronique… Ils le liront, mais oublieront aussi vite ! Tu sais, je crois que nous avons eu de la chance de nous rencontrer, toi et moi. Nous avons beaucoup de points communs dans notre caractère !

(Pas pour le goût vestimentaire ni les chapeaux en tout cas. Hihihi)

— J'en suis persuadée, Amélie. Petit à petit, l'oiseau fait son nid !

— Oui, regarde, j'ai déjà le mien ! dit-elle en replaçant son autruche sur la tête.

— Oui voilà ! Un nid d'avance pour toi ! plaisantais-je avec un clin d'œil. Les maisons les plus proches sont : les Lys, Les Rosiers et les Pétunias. On laisse tomber les Chrysanthèmes c'est trop loin et il parait qu'ils sont tous centenaires, trop compliqué pour l'instant. Si tu trouves des contacts dans ces maisons, je m'organise avec mon ami Louis…

— Louis, il est ton ami ou… ton ami-ami ?

— Je disais donc que je m'organiserai avec mon AMI Louis pour aller rencontrer les contacts en question et essayer d'instaurer la même démarche qu'ici aujourd'hui.

— D'accord, je note. Lys, Rosiers, Pétunias. Désolée si je suis un peu trop curieuse.

— Pas de soucis, Amélie, c'est juste que je n'aime pas beaucoup parler de moi. Dernière chose avant que je reparte, ce qui s'est passé aujourd'hui entre les résidents de nos deux maisons ne doit être que le début : Louis et moi allons créer une association Loi 1901, dans le but de gérer des PTDR (Petits Travaux Des Retraités), genre couture, repassage, pâtisserie d'autres idées seront les bienvenues ; ces petites productions de services rapporteront de l'argent qui permettra de payer une partie des frais de résidence ou autres. L'idée n'est pas encore au point, mais elle germe peu à peu dans mon esprit. Je te demande donc, tout doucement, de commencer à redonner envie à tes résidents afin qu'ils reprennent des activités manuelles qui leur plaisaient autrefois. Chacun a un talent, ils ont besoin que quelqu'un le leur rappelle, c'est tout. Fais-leur confectionner des petites décorations de Noël, tricoter des écharpes… ce que tu veux ! Crée un créneau dans leur quotidien qui ne servira qu'à leur activité. Je suis certaine que tu trouveras des idées selon leurs capacités. Je vais faire la même chose de mon côté en rentrant. Maintenant qu'ils se connaissent, ils vont échanger des idées ! Ils compareront leurs créations ! Pour ceux qui ont une retraite plus confortable, nous devons leur donner l'envie de s'équiper de leur propre ordinateur ou tablette ; certains résidents pourraient aussi se cotiser à plusieurs ou en récupérer un auprès de leur famille. Je compte sur toi, ma chère Amélie.

— Oui, j'ai bien compris l'idée. On reste en contact, on se tient au courant des évolutions chacune de notre côté ! À bientôt, Zélia !

C'est avec beaucoup d'émotion que je suis remontée dans mon carrosse avec chauffeur. L'épisode Denis vs Chantal valait largement les séries yaourtisées dont étaient accros les résidents des Bleuets. Une douce mélodie aux effets larmoyants aurait sublimé la scène...

Lundi 24 novembre 2014

Moins un au second. Gustavo, l'ancien militaire, a mis fin à ses jours. Il s'est pendu avec le câble de la sonnette d'alarme de sa chambre. Il a laissé une missive, dans laquelle il explique son geste.

« *Mon horoscope est formel* :

Vous êtes une Balance : Il est temps de tirer la sonnette d'alarme si vous voulez être entendu. Votre entourage tentera de vous en dissuader, mais si vous reprenez en main le fil de votre vie, vous serez en première ligne pour gagner la bataille. Ne vous laissez pas abattre ! *Je ne sais pas comment ils m'ont retrouvé, mais ils l'ont fait. Je suis fichu. Je préfère capituler avant qu'ils ne débarquent ici pour tenter de me faire parler. Adieu Capitaine ! Oh mon Capitaine !* » Gustavo était Scorpion.

Cas n° 4 : La mort par suicide.

Souvent l'aboutissement d'un état dépressif prolongé. Ou, comme pour Gustavo, un acte résultant d'une maladie mentale. Peut faire l'objet d'une mise en scène si un but destructeur envers autrui est recherché, ou à l'inverse, peut être pratiqué dans la plus grande discrétion. Dans tous les cas, ce sera la personne qui découvre le corps qui prendra perpette dans sa tête.

Avantages : choix des options : lieu, moment, arme du crime, décor.

Liberté d'expression dans un écrit ou une vidéo.

Inconvénients : je ne suis pas dépressive. Ni malade. Il faudrait donc que je programme une date butoir ? C'est comme un compte à rebours qui se déclenche... que je pourrais toutefois reprogrammer ultérieurement... mais qui met une pression négative au quotidien... La procrastination n'est pas dans mes habitudes.

Intéressant comme méthode tout de même. Mais comment se sait-on prêt ? Il faut un grand courage pour dire stop à la vie, j'imagine. Commencerai-je à douter de ma motivation à quitter la scène ?

Denis est transcendé ! Il ne tient plus en place, ne fait plus aucune réflexion désobligeante et a retrouvé le sourire. Julien, avec qui je reste en contact via la page MDR27, lui a procuré un ordinateur d'occasion à un prix intéressant. Chantal et lui se parlent via le net tous les jours et se sont organisé une sortie au restaurant.

Blaise a demandé à son fils de lui donner un de ses ordinateurs dont il ne se sert plus et a fait installer une connexion internet dans sa chambre ; il la partage en wifi avec Félix, Martine et Dominique qui se sont également équipés. Moi, je me suis acheté une tablette, plus pratique pour mes prochains déplacements. Julien a fait un tir groupé et est passé nous paramétrer nos appareils par rapport à notre utilisation. Nous avons eu droit à un cours particulier, qui s'est vite transformé en cours collectif dans la salle commune. Chacun prenait des notes et levait le doigt pour poser des questions. La révolution Internet était en route aux Bleuets ainsi qu'aux Jacinthes.

Ainsi que la révolution hormonale chez Louis apparemment…

Lorsqu'il m'avait ramenée en voiture de ma visite aux Jacinthes, il avait pris le prétexte de la création de l'Association pour officialiser une invitation au restaurant. J'avais accepté sans me méfier, prise dans l'élan des ondes positives de la journée. En effet, la première partie du repas fut à but non lucratif : nous avons parlé des statuts, des formalités nécessaires pour la création d'une association loi de 1901, l'argent récolté pourrait être reversé sous forme de don à la maison de retraite et il resterait ensuite à s'assurer que les sommes versées soient bien redistribuées dans une aide financière pour les résidents. J'étais d'accord avec ses propositions.

Puis, comme en politique, l'intérêt général suscité du départ s'est transformé en intérêt personnel juste avant le dessert :

— Zélia, voulez-vous m'épouser ?

ooo

1952

*J'épousai donc Edgard en 1952. J'avais tout juste 18
ans. Le décès de ses parents lui avait permis de toucher
son héritage beaucoup plus tôt que prévu. Je ne sais pas
ce qui m'a pris d'accepter si vite sa demande. À bien y
réfléchir, ce n'était pas à proprement parler une
demande en mariage, car il n'y eut ni cour, ni fleurs, ni
fiançailles. Juste une évidence. Les clients de l'auberge
voyaient Edgard et moi comme le couple idéal pour
remplacer les défunts propriétaires. Edgard, influençable
aux discussions de comptoirs, finit par me persuader
avec une argumentation terrible : « De toute façon, tu
vas faire quoi ? Mes parents t'ont ramassée dans la rue,
tu n'étais rien, tu serais devenue une prostituée si nous
ne t'avions pas recueillie. Soit, tu deviens ma femme, soit
tu retournes dans la rue. » Un « d'accord » résigné est
sorti de ma bouche et j'avais à cet instant la sensation
que quelqu'un d'autre l'avait prononcé. C'est donc de
cette façon que je découvris l'amour, ou du moins ma
première expérience avec l'acte sexuel. Elle fut à l'image
d'Edgard, insignifiante et humiliante. Afin de ne pas
gaspiller d'argent, Edgard n'a pas voulu m'acheter de
robe de mariée. La cérémonie se fit en 15 minutes à la
mairie, sans invités. Puis nous sommes revenus à
l'auberge où les clients réguliers nous attendaient pour*

se saouler gratuitement au comptoir. Après quelques verres bien remplis, Edgard me fit sa petite affaire, fier de lui, dans la chambre la plus proche du couloir et partit retrouver ses alcooliques d'amis qui l'accueillirent sous des applaudissements et des sifflements de félicitations. Mais ce qui m'a fait le plus souffrir quand j'y repense, ce n'est pas ce moment intime déplorable. Allongée sur ce lit même pas défait, le visage de ma mère m'a hanté. J'avais l'impression que l'histoire se répétait. Cependant, Edgard avait peut-être raison : avais-je un autre choix ? Si je quittais cette auberge, là, tout de suite, je me retrouvais à la rue, sans aucune famille, sans personne pour m'aider. Je ne me sentais pas en sécurité auprès d'Edgard, mais le monde de la rue m'effrayait encore plus. L'auberge m'offrait un toit, un travail et de quoi vivre dignement. Edgard était idiot et sans élégance, mais il n'était pas méchant. Je devais apprendre à rester vigilante, ne pas sombrer dans l'alcool comme ma mère et surveiller les agissements de mon mari. Il serait toujours temps de partir si les choses tournaient mal. Je l'avais déjà fait une fois, il suffirait de recommencer.

ooo

La proposition de Louis m'a laissé sans voix. Je croyais que toutes ces balivernes étaient désormais loin derrière moi.

— Bonne idée ! Et comment appellerons-nous donc notre premier enfant ? Tu préfèrerais un garçon ou une fille ? Des jumeaux ! Ce serait formidable, non ? Il faut que nous trouvions des témoins également… S'ils ne sont pas morts d'ici la date du mariage, bien entendu !

— …

— Vous devenez sénile, Louis.

Un silence pesant s'est installé à notre table. J'ai vu à son regard fuyant et à ses lèvres pincées que je l'avais profondément vexé. À bien y réfléchir, je n'aurais guère apprécié que quelqu'un me parle sur ce ton. Surtout après une demande pareille.

— Désolée d'être aussi brutale et sarcastique, Louis, mais enfin… où avez-vous vous la tête ? À notre âge… c'est insensé !

— Finalement, on se vouvoie ou on se tutoie ? Faudrait savoir ! On va plutôt se tutoyer, vu l'ambiance de nos conversations. Ce sera bien plus approprié !

— D'accord, mais…

— Je n'ai pas terminé : il n'y a que toi qui as le droit d'être un peu extravagante ? Tu fais déplacer les gendarmes aux Bleuets après avoir fait fuguer une dizaine d'octogénaires tout un après-midi, tu fais peur au directeur de la maison de retraite avec tes idées saugrenues, les patients du second étage sont toujours persuadés d'avoir été les victimes d'une invasion d'extra-terrestres… Et c'est moi qui deviens sénile ? Juste parce que je te présente mes sentiments ? Je ne sais pas quel est ton problème, mais visiblement, à ton âge, il n'est pas encore réglé !

Là, ce fut à mon tour d'être vexée. Retour du boomerang. Louis avait touché mon point sensible. Mon éducation ne m'avait pas habituée aux actes de générosité gratuits ou aux déballages de sentiments. La méfiance était devenue mon alliée dès que je jugeais mon espace vital en danger. Je ressentais alors le besoin de me défendre sur le champ. Ma défense prenait souvent le chemin de l'attaque.

Louis a fait mine de se lever, mais je n'ai pas voulu laisser cette journée se terminer ainsi.

— Excuse-moi, Louis. Je n'aurais pas dû te répondre ainsi. Je ne m'y attendais pas du tout, tu m'as prise au dépourvu.

Il s'est rassis, l'air las et triste. Serrant la serviette en tissu blanc dans la paume de sa main fripée, il a repris la parole.

— Je me suis dit qu'à mon âge, je pouvais me permettre de griller certaines étapes. Je n'ai plus besoin de l'autorisation de tes parents, la plus grande partie de notre vie est derrière nous, notre plus beau projet serait juste de continuer à vieillir ensemble. Venir te voir aux Bleuets égaie mes journées, je me sens comme un jeune homme à son premier rendez-vous. Je me sens seul quand je rentre chez moi après nos conversations. Je ne voulais pas mourir sans avoir tenté ma chance, voilà.

Difficile pour moi de reprendre la parole après cette émouvante déclaration.

— Tu ne sais rien de ma vie. Mes parents ? Je les ai dénoncés aux SS quand j'avais 8 ans, ils ont sûrement dû être exécutés... J'ai un fils, qui n'attend qu'une chose : que je quitte ce monde, afin de récupérer ce qu'il croit lui revenir. Il est persuadé que j'ai volé la fortune de son père. J'ai dû le fuir et venir me cacher ici pour qu'il ne me retrouve pas. J'ai eu de la chance qu'il ne me reconnaisse pas sur les réseaux sociaux et au journal télévisé. Il ne s'intéresse qu'à sa propre petite personne. Voilà quelques détails de la Zélia que tu crois connaitre. Je n'étais pas une enfant désirée, je n'ai jamais été aimée et on ne m'a pas appris à le faire. Je ne m'imagine pas commencer à 80 ans.

— Et tu ne connais pas la mienne de vie, Zélia. Je pars du principe de ne plus vivre sur le passé, mais au présent pour profiter pleinement du reste de ma vie. Nous avons beaucoup de points communs, j'aime ta façon de te battre pour tes idées. Nous pourrions faire avancer les choses beaucoup plus vite si nous vivions ensemble.

— J'ai besoin d'être « sur le terrain », comme on dit, pour être en contact direct avec les problèmes que je pourrais rencontrer. J'entreprends des activités aux Bleuets et je vois de nouvelles lueurs d'espoir chez mes nouveaux amis : ils comptent sur moi pour agrémenter un tant soit peu leur quotidien. De plus, je n'ai aucune envie de me retrouver face à des obligations de femme mariée, genre relations conjugales, si tu vois ce que je veux dire…

— Ah haha… Zélia… Loin de moi cette idée, sauf si Cupidon me fait rajeunir de trente ans ! Je te parle d'amour, mais pas de celui-là. Je te parle d'accéder directement à l'amour qui s'est installé dans un couple après quarante ans de mariage, celui qui te fait sentir moins seul. Une présence, une attention, une autre moitié de soi-même, une raison de partager, sans équivoques.

— Je crois que je me sentirais prisonnière, Louis.

— D'accord. Oublie ma proposition d'épousailles. Je te fais une autre proposition, mais ne réponds pas tout de suite. Réfléchis-y tranquillement : tu pourrais venir habiter chez moi le weekend ? Et je pourrais passer te voir de temps en temps en semaine aux Bleuets pour travailler sur ton projet ? Non, ne réponds pas !

J'ai accepté sa dernière demande : je n'ai pas répondu.

Lundi 1er décembre 2014

Décembre et ses fêtes de fin d'année. La semaine dernière a été épuisante.

Les Lys le mardi, les Rosiers le mardi et les Pétunias le jeudi. L'accueil n'a pas été aussi chaleureux et compréhensif qu'avec Amélie aux Jacinthes. Les résidents avaient bien été briefés par Amélie par téléphone ou par e-mail auparavant, mais ils n'avaient pas de leader opérationnel dans leur groupe. Certains ont cru à une campagne publicitaire et s'attendaient à gagner un lot quand je suis arrivée. Ils ont été déçus par mes chocolats, mais interpellés par l'écran de ma tablette qui leur présentait leurs homologues des Bleuets et des Jacinthes. Quel formidable outil que ma tablette ! Si le mot « geek » avait appartenu à leur vocabulaire, il serait devenu mon pseudonyme : Zélia la Geek !

Lors de mes visites dans ces MDR, afin de gagner du temps par rapport aux périodes de Noël, j'avais amené de quoi confectionner des boules décoratives personnalisables pour accrocher sur les sapins (boules transparentes dans lesquelles on peut ajouter des plumes, des petits sujets, des paillettes, etc.), des pelotes de laine et des aiguilles à tricoter, des petites bougies, des branches de houx…, des kits et accessoires que j'avais commandés sur internet en livraison rapide chez Equateur (je n'ai pas coché la case « express »). L'équipe des petits Bleuets avait déjà confectionné quelques décorations, ils purent donc leur exposer leurs PTDR en direct via ma tablette. Une sorte de visioconférence s'est installée lors de mes visites, plus efficace que bien des explications.

Les résidents sont alors passés de l'état semi-végétatif à une légère euphorie commune. Des yeux se sont rouverts et des ronflements se sont estompés.

Le Père Noël était en avance, il s'appelait Zélia. Grâce à ces petits cadeaux qui allaient contribuer à occuper une bonne partie de leurs prochaines journées, je réussis à convaincre un résident de chaque maison de devenir mon point d'entrée référent pour le partage des informations. Je leur ai préparé un badge à l'emblème de leur fleur (Lys, Rose, Pétunias…) : *Agent Spécial Sénior* : suivi du prénom.

Toutes ces décorations et ces préparatifs avaient un coût, mais je pouvais supporter les premières dépenses. L'important, dans un premier temps, était de se constituer une trésorerie pour les prochaines actions.

En parallèle, il a fallu convaincre les directeurs de chaque établissement de permettre aux résidents d'organiser une vente au profit de l'association MDR27 d'ici une quinzaine de jours. Heureusement, Louis m'a accompagnée à chaque visite et j'ai pu apprécier son talent d'orateur en termes de négociateur. En général, il s'occupait de persuader le directeur pendant que je nouais le dialogue avec les résidents.

Nous avons fixé une date commune pour les ventes aux Bleuets, le samedi 13 décembre, jour où les visites des familles sont les plus nombreuses : une aide ponctuelle supplémentaire et des clients potentiels seront les bienvenus. Je m'occuperai de la publicité via les réseaux et de quelques affiches photocopiées sous les abribus, panneaux de la mairie etc.

Voilà donc, jusqu'aujourd'hui, mon petit bouquet de fleurs séchées :

Les Lys : A.S.S. Léandre

Les Rosiers : A.S.S. Roselyne

Les Pétunias : A.S.S. Pascaline

Les Jacinthes : A.S.S. Amélie

Les Bleuets : A.S.S. Zélia

J'aime beaucoup les fleurs séchées : elles durent bien plus longtemps. Certes, elles prennent facilement la poussière, mais une brise légère ou un plumeau suffit à leur redonner leur éclat. Leurs couleurs sont ternes, mais elles racontent leur histoire.

Louis a fait le nécessaire pour la création de l'association MDR27. Je suis allée chez lui afin que l'on établisse un logo représentatif. Louis a proposé un bouquet de fleurs, ce qui, ma foi, n'était pas une mauvaise idée malgré le manque d'originalité. Je lui ai également rappelé que des fleurs, on en trouve aussi sur les tombes.

— Ah oui, forcément… vu sous cet angle, ça calme ! dit Louis, pensif.

— Que penses-tu … d'un bourgeon ?

— Pourquoi un bourgeon ?

— Avant qu'un bourgeon apparaisse, beaucoup de temps s'est passé : la plante a dû pousser, grandir avant de donner naissance au bourgeon. Et quand il apparait, il a encore toute une vie à vivre et tant de choses à apporter autour de lui avant de disparaitre.

— Je ne te savais pas si poétique ! Tu vois quand tu veux…, répondit Louis avec un clin d'œil.

— Je prends cette réponse pour un acquiescement, donc… en feignant d'ignorer sa remarque. J'imagine bien : une branche nue…

— Une branche nue… en porte-jarretelle ? Étienne serait ravi !

— Même la vue sur une gaine le déstabilise, Étienne…

— Haha… Disons que les occasions se font rares ! Un rien l'occupe.

— Il se contentera d'une branche nue, sur laquelle un bourgeon persisterait, donnant sa première feuille semi-ouverte, sur laquelle découlerait *MDR27* … Qu'en penses-tu ?

— Superbe ! Excellente idée ! Je m'en occupe.

— Merci Louis, tu es … formidable.

— Aaaahh… Je frôle l'infarctus… Va doucement, je ne suis pas habitué, dit Louis en feignant tomber de sa chaise, les deux mains sur sa poitrine côté cœur.

— J'espère que tu vas t'en souvenir, car je fais des compliments une fois l'an, répondis-je pour plaisanter.

— Tu as raison, je vais le stipuler dans mon carnet de santé afin que le légiste ait une piste lors de mon autopsie, au cas où je meure cette nuit de ce contrecoup.

Il commence sérieusement à me faire rire, ce Louis. Je m'habitue à nos rencontres et j'avoue que je trouve cela plutôt agréable.

Et puis, en fin de semaine, un nouveau départ d'un résident des Bleuets. Les larmes ont coulé, une chambre s'est libérée. Une personne en moins à la table des joueurs en équipe de tarot à 10.

Lors de la dernière partie de tarot, Denis a sorti sa carte « excuse » pour annoncer son PACS et son emménagement avec Chantal dans un petit studio en ville. Certains l'ont regardé avec envie alors que d'autres lui en voulaient de quitter le navire. Mais tous étaient heureux pour lui. Chose impensable dans une MDR : nous avons donc organisé un pot de départ ! Chacun y est allé de sa banderole ou petite attention personnalisée :

« Longue vie au vieux couple ! »

« Mettez-vous d'accord sur le bon numéro d'appartement cette fois ! »

« Rattrapez le temps perdu, mais pensez à vos reins : ils ne sont plus tout jeunes ! »

Étienne lui a offert un ouvrage : « Le sexe pour les nuls » ; Blaise, un abonnement au magazine « Notre temps », histoire de ne pas oublier d'où il vient ; Félix un jeu de tarot presque tout neuf, (presque car il avait remplacé la carte de l'Excuse par celle de notre vieux jeu en commun) ; Dominique, le DVD de « Nos plus belles années ».

Denis a été très touché, mais il n'a pas versé de larmes : c'est juste qu'il était enrhumé. Du moins, c'est ce qu'il nous a dit…

— Je vous remercie tous, je ne risque pas de vous oublier avec tous ces cadeaux : chaque acte de mon quotidien à partir de maintenant me ramènera au souvenir de l'un d'entre vous. Je quitte juste les Bleuets, mais nous restons en contact, que ce soit virtuellement ou lors de nos PTDR en prévision. Zélia, je n'oublierai jamais que, grâce à toi, j'ai retrouvé ma Chantal et ainsi corrigé le plus grand drame de ma vie. J'aurais pu finir ma vie, ici, à geindre comme un vieux grincheux si nos chemins ne s'étaient pas rencontrés. Je te souhaite, ainsi qu'à vous tous, d'être capable de saisir la prochaine étincelle qui croisera votre route. Ne la laissez pas filer, chevauchez la … même si vous êtes en charentaises ! Des charentaises, il y aura toujours des gens bien attentionnés autour de vous pour vous en chausser, mais l'étincelle est solitaire et éphémère …

— Quand on voit une étoile filante, ce que l'on pense arrivera, conclut Isabelle.

Lundi 8 décembre 2014

« Bonjour Zélia,

*Je m'appelle Marie et je suis à la MDR des Lys.
J'aimerais beaucoup vous aider pour samedi 13
décembre, mais je ne peux rien faire. Je suis
parkinsonienne depuis trente ans, mon traitement
stabilise les effets principaux de ma maladie, mais je n'ai
quasiment plus aucune dextérité ni aucune force ; je ne
peux plus marcher ni parler correctement. Ma
compréhension des choses se limite à ce que je sais déjà.
Avant, j'étais institutrice. Je vois et j'entends autour de
moi ici les ami(e)s qui préparent tant de choses… et je
me sens inutile, sur mon fauteuil roulant… Je tente ma
chance auprès de toi, car tu as de bonnes idées.*

*Post-scriptum : tu vois, j'ai mis 30 minutes à écrire ce
message.*

Merci Zélia.

Marie (des Lys). »

Merci Zélia… Merci Zélia… Cette Marie me remerciait
alors que je n'avais rien fait. En voilà un bon moyen pour
culpabiliser quelqu'un ! J'avais juste ouvert ma
messagerie, lu ce mail émanant d'une inconnue et
maintenant je me sentais investie d'une mission. Cela

aurait été bien plus facile de cliquer sur la poubelle afin d'effacer de ma journée ces trente secondes d'attention sur le mail de Marie des Lys. En un seul clic, j'aurais pu éviter d'imaginer Marie et ses trente minutes d'effort à écrire avec un doigt hésitant ainsi que ses trente années à supporter sa maladie dégénérative.

Il y a ceux qui se complaisent à mal vieillir en bonne santé, persuadés que d'avoir vécu leur octroie une certaine immunité sociale. Et puis il y a ceux qui ne vieillissent que physiquement, en continuant à regarder droit devant. Cette seconde catégorie est la moins bruyante, malheureusement. Je suis persuadée que Marie en fait partie. Elle aurait pu faire écrire son message par une tierce personne, mais elle a préféré passer trente minutes à l'écrire et surement autant à le relire pour parfaire sa carrière d'institutrice. Elle ne me demande rien : elle se propose, me fait confiance. Vous auriez cliqué sur l'icône de cette satanée poubelle, vous ? Pas moi.

« Ma chère Marie,

Comme tu as bien fait de m'écrire ! Justement, il nous manque quelqu'un pour une activité et ta proposition tombe à point nommé. Je t'en dirai plus très bientôt ; j'ai un emploi du temps chargé aujourd'hui, je reviens vers toi très vite.

Post-scriptum : Je t'ajoute d'ores et déjà dans le planning, donc, pour le samedi 13 décembre. Mon ami

*Louis ira te chercher. Désormais, nous comptons aussi
sur toi pour que cette journée soit inoubliable.*

Merci Marie.

Zélia (des Bleuets). »

Je n'ai aucune idée du rôle que Marie aura ce samedi 13
décembre, mais au moins, je n'ai plus le choix : il faudra
bien que je lui trouve une activité.

Je pensais que mes réflexions de la semaine allaient être
exclusivement consacrées à l'étude du cas de Marie, mais
je m'étais endormie sur mes lauriers. Il faut dire aussi
que je m'étais un peu avancée en donnant l'accord aux
différents directeurs d'établissements pour la vente de
Noël au profit de MDR27 : le mien n'était pas
officiellement au courant. Ce que j'ai ressenti lorsque
Fabienne, l'aide-soignante-maîtresse, est venue me
chercher pour une convocation immédiate (*illico-presto*
!) dans le bureau de son amant interdit, était comparable
à cette sensation étrange d'une scène de vie de *déjà-
vécu…*

Monsieur le directeur était rouge comme le bouchon
d'une cocotte-minute.

— Entrez donc, Zélia ! Ou devrais-je plutôt vous appeler
Madame la directrice des Bleuets ? Que préférez-vous ?

— Zélia suffira amplement, monsieur.

— J'en suis fort aise ! Non, parce que pendant un moment, j'ai cru que ceci était votre bureau et que la chambre 18 n'attendait que moi !

— Oh… Vous savez, elle est très confortable, cette chambre. Je suis certaine que, dans certaines situations, elle vous serait bien plus adaptée que ce bureau en contreplaqué douteux…

— Qu'est-ce que vous entendez par là ? Et puis d'ailleurs, c'est moi qui mène la discussion, ne m'embrouillez pas avec vos sornettes ! J'apprends par mes confrères :

1/ Qu'une vente au profit d'une association est prévue aux Bleuets le samedi 13 décembre et que vous en êtes l'instigatrice ;

2/ Qu'une soixantaine de résidents des maisons de retraite des Lys, Roses, Pétunias et Jacinthes vont débarquer chez nous pour vendre des objets de Noël ;

3/ Que des encarts publicitaires sont distribués dans les boites aux lettres des villages voisins et que...

— C'est vrai ?! Génial ! Qui donc a pris cette initiative ?

— Vous vous foutez de moi, Zélia ?! cria-t-il en se levant et tapant du poing sur son bureau en contreplaqué.

— Non, je n'étais pas au courant pour les distributions publicitaires dans les boites aux lettres. Pour le reste…

oui, j'allais vous en parler. Avec un ami, nous avons créé une association qui s'appelle MDR27. Le but est d'une part, de mobiliser les personnes âgées qui sont dans des maisons de retraite afin de leur permettre d'exercer une activité valorisante, sur la base du volontariat bien évidemment ; d'autre part, les sommes récoltées par la vente de ces Petits Travaux Des Retraités (que nous appelons PTDR) permettront une amélioration du niveau de vie des adhérents. Comme par exemple, une participation pour l'achat d'une tablette numérique ou un soin qui ne serait pas pris en charge pour le bien-être de la personne. Pour l'instant, l'utilisation concrète du bénéfice reste un peu vague, ainsi que la somme allouée à chacun... Tout dépend du succès ou pas de samedi...

— Eh bien, je vais vous faciliter cette tâche : vos calculs seront vite faits, car samedi 13 décembre sera un samedi comme les autres. Vous allez vous empresser d'annuler toute cette mascarade. Il est hors de question d'accueillir autant de monde au sein de mon établissement. PDTR ou pas PDTR !

— C'est PTDR et pas PDTR, ça veut dire...

— JE M'EN FOUS ! Je ne sais pas comment vous avez fait pour convaincre mes confrères, mais moi, je ne vous suis pas ! Je ne veux pas être responsable des problèmes que peut générer une telle manifestation dans mes murs ! Entre ceux qui ont une mauvaise vue, les déambulateurs, les cannes, les incontinents... tout et n'importe quoi peut arriver avec autant de monde en plus des visiteurs.

— C'est vrai : tout peut arriver ; comme dans la vie monotone de tous les jours pour ces personnes. Ce qui risque surtout d'arriver, c'est de rendre des gens heureux en les sortant de leur quotidien et en leur redonnant l'impression qu'ils sont enfin utiles de nouveau à quelque chose. N'estimez-vous pas que ce risque doit également faire partie de votre travail en tant que directeur d'établissement ? N'avez-vous donc pas envie de voir vos résidents plus heureux, ne serait-ce que quelques heures ? Quand la tête va mieux, le corps va mieux : vous n'êtes pas d'accord ? Regardez Denis ! Il est parti revivre un pan de sa vie qu'il avait oublié, n'est-ce pas merveilleux ?

— Vous vous prenez pour Mère Teresa ?

— Bien sûr que non, je ne crois pas en Dieu. Mais cela ne vous ferait pas de mal de vous imaginer un peu en Abbé Pierre* !

— Vous avez 24 heures pour tout annuler. Sinon je m'en chargerai moi-même, mais j'y mettrai moins les formes ! Maintenant, sortez immédiatement de mon bureau !

Le bureau en contreplaqué a reçu une dernière fois la colère de son propriétaire… Avant de rendre l'âme définitivement sur le sol.

Afin d'éviter les échardes, j'ai pris la direction de la sortie en conseillant à monsieur le directeur de choisir

*en 2014, on pouvait encore le penser (n.d.a en 2025)

son prochain bureau en pin massif … ou alors de pratiquer la méditation.

À sa place, je choisirais la méditation : il va bientôt en avoir besoin s'il ne change pas d'avis.

Le fracas provoqué par l'effondrement du bureau avait interrompu l'assiduité des amateurs de séries télé. Les joutes verbales de Kevin et Bryan afin de gagner le cœur de Jennifer n'intéressaient plus que les résidents ayant besoin d'un bruit de fond sur lequel ajuster leurs ronflements. Un attroupement inquisiteur s'était formé devant la porte. Volontairement, j'ai laissé la porte ouverte en sortant, afin de mettre le directeur dans une situation embarrassante.

Je n'ai pas voulu mettre au parfum mes amis. Je leur ai simplement expliqué que monsieur le directeur n'avait pas tellement apprécié le fait que je ne le tienne pas au courant de l'organisation de la journée du 13 décembre.

— Tellement contrarié qu'il a explosé son bureau ? demanda Blaise, perplexe.

— Oh tu sais, son bureau n'était pas très solide, il était déjà abîmé : sûrement à cause du poids de tous les dossiers qu'il gère. Il a voulu agrafer un document et en appuyant sur l'agrafeuse, le bureau s'est littéralement fendu en deux.

— Mouais… C'est pour ça qu'il est tout rouge aussi ?

— Non, c'est juste que j'ai voulu faire un peu d'humour :
je lui ai dit d'investir dans des trombones.

Il n'a pas aimé… Laisse tomber.

Blaise n'a pas été convaincu par mes arguments, mais il
devra s'en contenter. Ils sont retournés finir l'épisode 72
de *Guimauves et Cie.*

Le lendemain matin, je suis allée vérifier si la nuit avait
porté conseil au directeur. Son bureau avait été remplacé
par une table en formica du réfectoire.

— Bonjour monsieur. La nuit vous a-t-elle porté conseil,
cher ami ?

— Bonjour Zélia. Avez-vous fait le nécessaire auprès de
mes confrères ?

— Non. Et je n'en ai nullement l'intention. Mais avant de
sauter sur ce pauvre téléphone, je vous conseille
vivement de regarder le contenu de cette carte micro SD.
Sachez que je ne suis pas fière d'employer ces méthodes,
mais votre attitude ne m'en laisse guère le choix. À mon
âge, je n'ai plus grand-chose à perdre. Ma seule erreur a
été de ne pas vous avertir de cette manifestation et je
m'en excuse encore platement. Mais j'estime que vous
n'avez pas le droit de nous priver de cette journée qui
sera bénéfique pour tous. Bon visionnage.

Je n'ai pas voulu rester, car je savais que j'allais faire
souffrir cet homme.

ooo

1956

Ma vie à l'auberge se déroulait normalement. Les diarrhées verbales des clients étaient ma culture quotidienne. Afin de limiter la pollution de mon cerveau par ces dialectes infâmes, je m'étais créé un exercice mental qui m'a amusée de nombreuses années : à chaque grossièreté prononcée, je cherchais un substantif distingué. Ainsi, au lieu d'essayer d'éviter l'inévitable, j'étais à l'affût des insanités de comptoir. Me concentrer sur l'attente de ce vocabulaire fleuri me dispensait d'entendre la suite de leurs fines conversations.

Un jour où « la saaaalope, elle l'avait bien cherché ! », *se métamorphosait peu à peu dans ma tête en « je suis une fille de joie, et je veux bien partager ma syphilis avec toi ! », le verre que j'essuyais m'a échappé. Il a roulé jusqu'aux pieds d'un homme seul, au bout du comptoir. Le tintement du verre épais sur le fer du tabouret l'a fait sursauter. Il a ramassé le verre et a cherché du regard l'origine de sa chute. Je me souviens durant ces quelques secondes interminables, avoir imploré un Dieu auquel je ne croyais pas pour que cet homme se contente de reposer ce verre sur le comptoir. J'étais désormais convaincu que Dieu n'existait pas, car ses yeux d'un vert splendide se sont scotchés aux miens comme des aimants.*

— *Puis-je vous offrir un verre ?* a-t-il dit en me tendant l'objet de notre rencontre.

— *Oui, je veux bien, car son locataire l'attend désespérément, lui répondis-je en lui prenant le verre des mains et en désignant le groupe éméché à l'autre côté du comptoir.*

— *Dommage. Si j'avais su que je le ramassais pour devenir complice d'un ivrogne... je l'aurais laissé rouler jusqu'au caniveau dehors.*

— *Vous auriez dû, car de toute façon, c'est là qu'ils finiront tous les deux, comme tous les soirs !*

— *EH La Zézé ! Il arrive à dos d'escargot mon pinard ou quoi ? a beuglé le locataire éphémère et éméché dudit verre.*

— *Ça arrive, ça arrive, pas de panique, ai-je répondu en lui servant une rasade à en faire déborder le ballon.*

— *C'est pas trop tôt, femme ! Oublie de le mettre sur mon compte, celui-là, vu le temps que t'as mis à me servir ! Eh Edgard : j'espère qu'au pieu elle est plus rapide que pour me servir à boire ! C'est un coup à s'endormir avec sa trique !*

— *T'arrives à t'endormir au garde-à-vous, toi ? a lancé un autre ivrogne.*

— *Pff... ça ne risque pas de lui arriver à lui ! Sa femme est une vraie nympho ! a continué un troisième larron que ça laissait rêveur.*

— *Eh oh ! Parle pas de ma Ginette comme ça, tu veux ? Elle, au moins, elle s'occupe bien de moi.*

— *Ah ouais ? Qu'est-ce que tu fous au bar tous les soirs alors ? a demandé le second ivrogne.*

— *Bah... elle veut pas que je traîne dans ses pattes quand elle fait le ménage.*

— *Ah ouais... Tu fais genre grande gueule au bar, mais en fait, tu la ramènes pas chez toi...*

— *Bon allez les gars, vous vous embrouillez pas à cause des bonnes femmes. Elles nous emmerdent déjà assez comme ça, même quand elles sont pas là ! Vous êtes là pour les oublier, oui ou merde ? C'est la tournée d'Edgard ! Zélia : ressers mes amis et que ça saute ! Ils ont soif ! a dit Edgard fier comme un paon.*

L'homme galant aux yeux verts, qui avait suivi la scène, attendit que je revienne finir d'essuyer la pile de verres :

— *Ceci est donc votre quotidien.*

— *C'est ainsi. J'ai épousé le patron de cette auberge en connaissance de cause. Si vous voulez, vous pouvez conclure par « elle n'a que ce qu'elle mérite après tout. »*

— Oui, je pourrais dire cela, en effet. Je pourrais prétendre également avoir fait le bon choix en m'engageant pour servir mon pays en Indochine. Les intentions sont toujours bonnes, mais le résultat est souvent déplorable. Vous ne voudriez pas faire tomber un autre verre, orphelin cette fois, afin que je vous l'offre ?

— Ne venez-vous pas de dire, je cite : « Les intentions sont toujours bonnes, mais le résultat est souvent déplorable » ?

— Effectivement, j'ai dit « souvent », et non « toujours ». Et puis, offrir un verre à une jolie femme intelligente n'a jamais eu de conséquences destructrices.

— Edgard n'est pas très malin, mais il n'est pas aveugle. Vous m'êtes sympathique, je vais donc essayer d'éviter que ce verre m'échappe...

— Il est toutefois possible que vous faillissiez de nouveau à cette tâche... Si tel était le cas, je vous attendrais demain soir dans le petit bar de la rue des Bleuets, à deux pas d'ici. Je vous offrirai un verre digne de ce nom, qui n'a jamais été essuyé par ce ... torchon.

Il avait dit cela d'une toute petite voix, en osant à peine me regarder. Puis, il s'est levé et est parti lentement en direction de la porte sans se retourner... Le temps s'est arrêté pendant quelques microsecondes...

« Clac » fit le verre orphelin en tombant sur le lino....

La table en formica s'est révélée plus solide que le bureau en contreplaqué.

À défaut d'une négociation réussie, le chantage permet parfois d'instaurer un certain respect rapidement. Monsieur le directeur a passé le reste de la journée dans son bureau, s'est fait servir un plateau-repas et a quitté les lieux lorsque tous les résidents furent couchés. Il m'avait envoyé un mail que seuls lui et moi pouvions décrypter :

« Zélia,

J'ai bien compris votre requête. Veillez à ce que tout se passe bien samedi 13 décembre, car je serai en voyage toute la semaine et ne pourrai donc pas vous aider. Je vous saurais gré de ne pas ébruiter les techniques mises en œuvre pour la faisabilité de cette journée, car je ne pourrai pas réitérer ce type de manifestation. Vous avez outrepassé les règles de l'établissement. Mais vu les moyens humains engagés et votre persévérance, je vous autorise exceptionnellement à honorer cette initiative. J'estime cependant qu'après ceci, nous serons quittes. À bon entendeur… »

Pas de formule de politesse et une prise de congé un peu sèche, mais vous connaissez mon point de vue sur les convenances !

J'ai hâte de reprendre ce blog papier lundi prochain !

Lundi 15 décembre 2014

1ʳᵉ partie :

Je pensais que j'allais devoir jouer le rôle d'une institutrice avec ses élèves pour vérifier l'avancement des préparatifs. Mais je n'avais que d'excellents élèves. La jeunesse est souvent un handicap, finalement… Quand on est jeune, on n'ose pas demander, exiger, on craint de déranger. Mais, à l'apogée de sa jeunesse (je vous défie de la définir), la désinhibition s'installe et on peut enfin rattraper le temps perdu.

Les ASS (Agent Spécial Sénior), Léandre, Roselyne, Pascaline et Amélie me faisaient un rapport quotidien de l'avancement des PTDR (Petits Travaux Des Retraités) de leur résidence.

Denis avait reporté sa lune de miel (lune de miel après un PACS ? Ah ! Les vieux d'aujourd'hui… ils ont de ces idées !), pour avoir le temps de confectionner un petit livret de mots fléchés qu'il avait créé lui-même de A à Z. Il a passé la journée de mercredi aux Bleuets, à en faire des photocopies et à les assembler avec le matériel du secrétariat. Une chance que monsieur le directeur eût besoin de repos prolongé !

Dominique et Martine ont tricoté des bonnets de père Noël pour les enfants.

Quant à Étienne, Blaise et Félix... Ils se sont bien amusés ! Ils ont fait imprimer en cinquante exemplaires un calendrier 2015 via internet. À chaque mois sa photo. Ils sont venus me montrer le résultat :

Janvier : L'équipe d'aides-soignantes au grand complet, avec un grand sourire, prenant la pose de Marylin Monroe, la bouche en cul de poule ou « duck face », comme dirait Julien, avec un objet spécifique dans les mains (seringue, haricot de chambre, gaine, plaid, position sexy sur un déambulateur).

Février : photo de groupe des résidents volontaires en action sur leurs PTDR.

Mars : le bourgeon du logo de MDR27 (finalisé par Louis), pour annoncer le printemps.

Avril : une poubelle, d'où dépassent des paires de charentaises trouées.

Mai : photo de Denis et Chantal, exhibant la carte excuse du jeu de tarot avec un grand sourire et un petit texte :

"Il était une fois, un octogénaire qui retrouva l'amour de sa vie dans une maison de retraite ; les amoureux s'installèrent dans un appartement en ville où ils vécurent heureux et n'eurent jamais d'enfant. Ils s'excusent d'avoir bousculé des idées reçues. »

Juin : la fameuse photo de la fontaine du jardin avec Blaise s'y soulageant, que j'avais prise avec son téléphone. Fort heureusement, on n'y voit Blaise que de dos, le regard levé vers le ciel…

Juillet : notre Julien en train de nous donner un cours d'internet aux bleuets.

Août : Étienne, à la fish pédicure ! Il l'avait fait ! On le voit, pantalon relevé au-dessus des genoux, les pieds dans l'eau claire avec les petits poissons s'adonnant à lui procurer un plaisir non feint.

Septembre : photo de groupe à la table des joueurs de cartes, moi au premier plan.

Octobre : Dominique et son fauteuil roulant, près de l'arrêt de bus, Jacques Renaud et Félix faisant mine de la porter.

Novembre : une magnifique photo du jardin saveur automnale, en souvenir d'Emile.

Décembre : une belle photo de groupe, devant le sapin de Noel, avec l'équipe soignante et les résidents. Il ne manquait que monsieur le directeur. Fabienne était déçue.

En page de couverture, Blaise a repris le slogan sarcastique de Julien :

Les Bleuets, plus qu'un mouroir : une échappatoire.

Les autres résidents des Bleuets ont confectionné essentiellement des petites décorations de Noël, des sentes de table pour les fêtes à venir ; des cartons vides ont été récupérés afin de les envelopper de papiers-cadeaux pour décorer les pieds des sapins chez les familles. Nous pouvions faire plaisir avec juste un peu d'imagination.

Vendredi, tout le monde était très excité. Seule Fabienne était très contrariée. Elle craignait que l'un d'entre nous ne fasse un malaise fatal. De plus, avec l'absence du directeur, elle avait encore plus de travail.

— Pas très sympa de sa part au directeur d'avoir pris des vacances à la dernière minute, a-t-elle râlé.

— Il avait sûrement besoin de repos, ai-je répondu, tentant de la rassurer.

— Du repos ? Ce n'est pas lui qui change vos draps, qui fait les soins et qui nettoie les fuites nocturnes !

— Oui, vous avez raison, Fabienne. C'est peut-être le poids de ses responsabilités qui l'use moralement…

— Ouais… ou alors sa femme qui a encore pété un plomb… Euh pardon, oubliez ce que je viens de dire, Zélia.

— Pas de soucis, je n'ai rien entendu. Bouche cousue.

— Merci Zélia, je sais que je peux vous faire confiance.

(Voilà, ça, c'est fait…)

— Oui, vous pouvez, Fabienne, je vous comprends, ça fait du bien de se confier un peu de temps en temps.

— Heureusement, nous allons avoir du renfort dès cet après-midi : Norbert, un nouvel aide-soignant. Vous verrez, il est très gentil !

— Ah très bien, une nouvelle tête aux Bleuets, génial !

Le grand jour. Samedi 13 décembre. Un soleil resplendissant s'est levé, la chance est avec nous.

Les plus matinaux et les moins valides sont arrivés en voiture vers 8 h 30. Le reste des équipes était opérationnel une heure plus tard. Ils s'étaient organisés pour venir en bus et avaient chargé les coffres de ceux qui possédaient une voiture. Tous les A.S.S. avaient mis leur badge et se comportaient en chefs d'équipe. Nous étions une cinquantaine en tout. La 51e personne à arriver fut Marie, que Louis était allé chercher à la MDR des Lys.

Aux Bleuets, nous avions agencé la grande salle de façon à disposer les objets par MDR. Nous nous sommes accordés rapidement sur les tarifs à appliquer selon les objets, afin que le choix de l'acheteur ne soit pas influencé par une différence de prix entre les différentes tables. Des thermos de café chaud (1€ le café, cagnotte commune à toutes les MDR présentes) attendaient les premiers clients.

Tout à coup, Blaise, qui avait mis la radio, nous a sommés de nous taire.

C'est alors que nous avons entendu :

« *... donc allez nombreux aujourd'hui, 13 décembre, à la maison de retraite des Bleuets ! Non pas pour une inscription, mais pour une bonne action ! Entrée gratuite ! Vieilleries assurées pour les amateurs de brocante ! Artisanat local pour peau de balle ! Des idées cadeaux pour les fêtes confectionnées par des vieux déjantés ! Ce n'est pas qu'un marché de Noël, c'est aussi une réunion de famille où vous aurez tous l'impression de retrouver une chère Mamie Henriette qui vous mitonnait un bon goûter, ou un bon vieux Papi Emile qui vous faisait sauter sur ses genoux ! Venez partager, venez acheter ... Amenez vos enfants : le Père Noël les attend !* »

Un silence dû à un étonnement général a empli la pièce. On aurait pu entendre Raymond continuer à ronfler dans le fond de la salle si le slogan suivant, vantant les mérites d'un produit contre l'acné juvénile sur un fond musical de rave-party, n'était pas venu troubler ses gargarismes.

Blaise a coupé la radio. Les A.S.S. se sont consultés pour savoir qui avait demandé cette publicité sur la radio locale. Personne.

C'est alors que … le Père Noël est entré. L'auteur de cette publicité se cachait assurément derrière cette barbe blanche et ses « OH OH OH ! » décapants.

Son entrée spectaculaire a laissé de marbre les résidents.

— Et alors ? Je viens d'entrer dans le couloir de la mort ou quoi ? Quiconque ose défier la puissance de Fabien doit être puni. Vous errerez désormais dans un monde inconnu. Jusqu'au royaume d'Hadès, vos corps resteront inertes.

— …

— Eh oh ! Réveillez-vous ! Léthargie terminée ! C'est moi, Fabien le journaliste ! a-t-il dit en étirant l'élastique de sa barbe blanche.

— Bienvenue Fabien ! ai-je crié en l'accueillant d'une bonne poignée de main. Mes amis, je vous présente Fabien, journaliste à France Télévisions. Il nous a beaucoup aidés à rajeunir notre image auprès du public, et ce, sans crème antirides, et puis surtout, il nous a permis d'accompagner Emile vers sa dernière demeure en douceur. Apparemment, il va encore jouer les pères Noël pour nous aujourd'hui. C'est bien cela, Fabien ?

— Bingo, madame Zélia ! Donnez-moi votre plus beau fauteuil, que j'y pose mes grosses fesses rouges toute la journée ! Cinq euros la photo en superbe qualité, mes genoux sont à disposition ! Telle est ma contribution à votre superbe initiative. Bravo à tous !

— Je veux bien être la première ! a dit Martine en levant la main.

— Le Père Noël prend des photos avec les enfants. Martine, voyons…a répliqué Renaud.

— Mais oui, mais je n'ai jamais fait de photo sur les genoux du Père Noël quand j'étais petite… a-t-elle bougonné d'un ton de petite fille capricieuse.

— Si tu veux, je peux me déguiser en Papa Noël, et tu viendras t'asseoir sur mes genoux EH EH EH ! a proposé Étienne avec un grand sourire vicieux.

— Vieux dégoûtant ! a crié Martine.

— OH OH OH ! Viens voir mes jolis petits grelots ! a renchéri Étienne en mimant un canard qui marche et soulevant ses bretelles avec les pouces.

Évidemment, tout le monde éclata de rire et évidemment, Martine se mit à pleurnicher.

— Ok ok, une photo avec Martine… Mais au tarif adulte, soit dix euros ! a proposé Fabien.

— Et ouaip, normal… Il va falloir plus de papier photo avec Martine, a chuchoté Blaise à Renaud.

— J'ai entendu, Blaise, ne t'en déplaise ! a dit Martine sur un ton hautain.

— Bah, tu ne vas pas être sourde en plus… a répondu Blaise avec un sourire exagéré. Laisses-en un peu aux autres…

— Je t'emmerde, Môsieur, a taclé Martine sur un ton de pimbêche.

Fabien a préparé son matériel : appareil photo de pro sur pied, avec déclenchement depuis une télécommande sensitive. Il s'est installé dans un fauteuil et s'est déclaré prêt pour la première prise. Martine avait retrouvé le sourire et défia Étienne et Blaise du regard. Elle s'est approchée de Fabien et a tenté de trouver le meilleur angle pour s'asseoir sur les genoux offerts.

Les lois de la gravité étant ce qu'elles sont, le point culminant de la bascule a été atteint plus rapidement que prévu. Les genoux de Fabien n'ont pas eu le temps de grelotter. Dans l'élan qui a suivi, Fabien, télécommande en main, a pris en rafale la fin de vie du fauteuil dont le trépied en bois de hêtre s'est aplati comme une crêpe. Nos aventuriers se sont donc retrouvé les quatre fers en l'air, lorsque monsieur le maire fit son entrée.

Il était accompagné de tous les directeurs des MDR présentes. Ce fut donc la seconde fois que monsieur le directeur des Bleuets vit la culotte de Martine. Fabien, ne voyant rien de son point de vue, a cru bon d'ajouter :

— « Aaaahh ! » J'aurais dû demander bien plus que dix euros pour une telle galipette ! Mes pauvres grelots… »

2e partie :

Il a bien fallu quatre paires de bras (dont ceux de Norbert, le nouvel aide-soignant, beau black aux muscles saillants) pour remettre Martine et Fabien à la verticale. Ce fut cependant une autre affaire pour qu'elle retrouve le sourire. D'ailleurs, personne ne s'y est aventuré. Elle est allée rejoindre sa chambre en ajustant son chemiser : parfois, la solitude résout bien des problèmes. Pendant ce temps, Félix eut l'excellente idée d'applaudir vivement en criant « Bravo ! Bravo les artistes ! », Dominique et Isabelle se dépêchèrent d'en faire autant et bientôt tout le monde fit de même. Ensuite, Blaise a remis la radio. Frank Sinatra et son Let It Snow ont réchauffé l'ambiance.

Une fois les grelots de Fabien remis en état, nous avons pu enfin accueillir nos premiers visiteurs.

— Messieurs, nous sommes ravis de vous recevoir. Vous êtes nos premiers clients ! Puis-je vous offrir un café ? ai-je proposé en m'avançant vers les messieurs en costumes.

— C'est nous qui sommes ravis chère madame… Zélia, je présume ? Votre réputation vous précède, vous savez ? a dit monsieur le maire avec une élégance rare, en position pour pratiquer un baisemain.

— Eh bien… Il n'est jamais trop tard. Je préfère qu'elle me précède plutôt qu'elle ne me rattrape, monsieur le maire. Avec ou sans sucre, le café ? proposai-je de nouveau afin de couper court à un éventuel discours pompeux et évitant ainsi le léchage d'épiderme.

— Sans, s'il vous plaît. C'est meilleur pour la santé. Et ce n'est pas vous qui me l'offrez. Il n'y a pas de raison que je me serve de mon rôle de maire pour boire un café à l'œil au sein de votre association. Non seulement je vais payer ce café, mais en plus j'en offre un à chacun d'entre vous, au Père Noël et à son acrobate … qui est déjà partie ?... Ainsi bien sûr qu'à vos directeurs d'établissement ici présents. Ce sera ma participation en tant que citoyen de notre ville pour votre excellente initiative.

— Félix, tu peux aller faire chauffer les cafetières ! a ordonné gentiment Amélie.

— Ouattelsse ?! Félix sait faire un bon café…, a chantonné joyeusement Félix, prenant la direction des cuisines en sautillant et en sifflotant.

Monsieur le maire paraissait impressionné.

— Quelle ambiance mes amis ! Vous faites vraiment plaisir à voir ! Je m'attendais à me divertir autant que dans une réunion de copropriétaires et me voici à bord de « La croisière s'amuse » ! Je tiens à féliciter messieurs les directeurs d'établissements pour la qualité des passeports d'embarquement fournis à leurs résidents et plus particulièrement monsieur le directeur des Bleuets pour avoir permis que cette fête ait lieu. Bravo !

(Applaudissements)

— Oui… euh… C'est une belle initiative qui prouve qu'il n'y a pas d'âge pour s'amuser et entreprendre de bonnes actions. Je suis ravi de recevoir aux Bleuets les résidents des établissements de mes confrères ; après tout, nous faisons le même travail et nous restons cloîtrés dans nos bureaux sans provoquer d'occasion de se voir. C'est chose faite en cette période de Noël.

— Bien dit, cher ami. En parlant de bureau, je suis passé dans le vôtre pour téléphoner en arrivant et je pense que votre liste au père Noël est toute trouvée, non ? Ah ah ah, je sais que les temps sont durs, mais tout de même, travailler sur une table de cantine, ce n'est pas très solide… Passons. J'ai également reconnu notre journaliste préféré sous sa barbe blanche. Vraiment, bravo à tous pour votre implication. Mais, où est donc votre équipière l'acrobate ? C'est dommage, nous avons loupé le début du spectacle ! Elle est partie se changer pour la prochaine acrobatie ?

— Avez-vous vu notre calendrier, monsieur le maire ?

Merci Blaise.

Les premiers visiteurs ont commencé à arriver, le flux a été assez régulier tout au long de l'après-midi. Les familles ont répondu présentes, certaines avaient même amené des amis, des voisins. À ma grande surprise, Yann (le chauffeur de bus) est venu accompagné de sa femme et de ses enfants ! Il avait entendu la publicité à la radio pendant un trajet. Toute l'équipe des petits Bleuets l'a embrassé, en souvenir de sa gentillesse.

De nombreux enfants ont sauté sur les genoux du Père Noël. Une cinquantaine de photos ont été commandées à cinq euros pièce et les familles, profitant de la présence d'un spécialiste de la photo équipé de son matériel de professionnel, se sont fait tirer le portrait avec les parents et grands-parents. Heureusement que nous étions à l'ère du numérique, sinon nous n'aurions pas eu assez de pellicules. Les familles avaient également apporté des gâteaux qui ont été vendus au profit de notre association et la quasi-totalité des objets confectionnés ont trouvé acquéreur. Tous les calendriers ont été vendus, à quinze euros l'unité. Blaise pestait en regrettant de ne pas en avoir commandé plus.

— Prends des réservations. Blaise : tu notes les adresses e-mail des clients, tu encaisses l'argent et tu recommanderas le nombre d'exemplaires dont tu as besoin. Internet, c'est magique ! lui ai-je proposé.

— Mais oui !! Bon sang, mais c'est bien sûr ! QUI N'A PAS ENCORE SON SUPERBE CALENDRIER COLLECTOR ?

Denis et Chantal sont arrivés vers quinze heures, en s'excusant du retard : ils avaient fait la sieste et n'avaient pas vu l'heure passer.

— Vous voyez, on s'encroûte quand on n'est plus dans une MDR ! Vous avez loupé la meilleure partie : moi en tortue sur les grelots du Père Noël !

— Le fauteuil s'en souvient encore !

Martine avait retrouvé le sourire. Elle était sortie de sa cachette lorsque les messieurs en costumes étaient repartis. Cependant, Martine se trompait. Le meilleur moment de la journée a eu lieu dans les allées du jardin. Avec Marie des Lys en vedette.

3ᵉ partie :

J'avais mis en place un parcours sinueux avec des bouteilles remplies d'eau. Le but pour le participant était de réussir à diriger avec dextérité Marie des Lys avec son fauteuil roulant en faisant tomber le moins de bouteilles possible. Le parcours était tellement étroit entre les obstacles qu'il était quasiment impossible de réussir ; de plus, cela obligeait le participant à aller très doucement. Par mesure de sécurité, Jacques avait enveloppé Marie dans une veste boutonnée de père Noël, dans laquelle elle avait juste passé les bras, mais dont le dos englobait le dossier du fauteuil roulant. Son carrosse avait été décoré de guirlandes rouges et blanches, ainsi que de grelots qui tintaient au moindre mouvement.

À chaque bouteille tombée, le joueur devait alimenter de cinquante centimes la tirelire-cochon en carton-pâte préparée par Étienne, que Marie portait autour du cou (des tickets étaient en vente pour dix euros la partie, pour lesquels on fournissait l'équivalent en pièces de cinquante centimes par ticket acheté). En parallèle, Marie donnait un bonbon au joueur pour chaque pièce donnée au cochon. C'était bon enfant. Il a fallu espacer en temps les tours de jeu, car tout le monde a voulu essayer et nous nous sommes relayés pour voir comment Marie se sentait. Elle était aux anges. Nous avons dû freiner son enthousiasme et Fabienne est restée avec elle toute la journée afin de vérifier ses constantes vitales. Chaque participant était encouragé par les spectateurs, par des *OOhh non ! Pas par-là ! Pas comme ça ! Plus à droite voyons ! Plus à gauche ! Recule ! Non, trop tard ! Oui, tu y es presque ! Papa, t'as presque pas eu de bonbons, t'es trop nul !*

Comme après une fête, les effets euphorisants sont retombés en fin d'après-midi. Les familles nous ont donné un bon coup de main pour ranger les tables avant de repartir. Il nous a bien fallu quarante-cinq minutes pour nous dire au revoir entre tous les résidents. Marie a voulu me remercier, mais elle n'a jamais réussi à prononcer un seul mot. J'étais accroupie en face d'elle, son regard en disait tellement… Elle m'a tendu les bras et nous nous sommes étreintes. Pour quelqu'un qui souffrait de la maladie de Parkinson, elle avait encore une force insoupçonnable.

Les ASS et moi nous sommes mis d'accord sur la gestion de l'argent récolté. Ils me faisaient confiance ainsi qu'à Louis, pour une répartition équitable à travers l'association MDR27. Entre les calendriers, les objets de décoration, les cafés/gâteaux, les photos du Père Noël, les dons et la prestation de Marie, nous avions récolté près de quatre mille euros ! Les frais avancés (calendriers + matières premières pour les préparatifs…) s'élevaient environ à trois cents euros. Ce qui faisait aux alentours de sept cents euros par MDR.

Isabelle était très déçue : sa fille n'est pas venue.
Apparemment, elle était trop occupée par son travail.
Bien sûr, Blaise s'est empressé de la réconforter comme
il se doit, à la Blaise :

— Ne t'inquiète pas Isabelle ; elle se rattrapera plus tard :
elle posera une journée de congé pour venir pleurer à ton
enterrement !

— Pfft… même pas ! Elle aura droit à des jours offerts
par son entreprise !

— Arrange-toi pour mourir pendant ses congés … ou que
l'on ne retrouve jamais ton corps…

— Pas con…

Une ombre au tableau pour moi : Julien n'est pas venu.
Je lui avais rappelé la date par tchat, mais il ne m'avait
pas répondu. Sûrement trop occupé. À son âge, on a autre
chose à faire que d'aller à une kermesse de vieux.

À lundi.

Lundi 22 décembre 2014

Nous avons tous repris notre train-train quotidien, avec notre planning, nos habitudes… et en prime la tête pleine de nouveaux souvenirs dont nous n'étions pas peu fiers. Nous étions peu à peu en train de remplacer nos anciennes cicatrices par un soyeux duvet de coton. Les sourires béats sur les visages pendant les moments de repos en témoignaient. Le poids de nos soucis s'allégeait pour laisser place au présent et aux projets.

Monsieur le directeur a repris son poste. Nous n'avons jamais reparlé du chantage odieux dont j'étais l'auteure. Nous faisions comme si de rien n'était, c'était mieux ainsi.

La plupart des résidents se préparaient à aller passer quelques jours de vacances chez leurs enfants, pour les fêtes. Ceux qui n'avaient pas d'enfants ou qui étaient fâchés définitivement avec eux iraient chez un frère ou une sœur.

Dans les familles où les enfants étaient fâchés entre eux, le « vieux » en question serait trimballé quelques jours chez l'un puis quelques jours chez l'autre, échange du colis effectué à mi-chemin sur une aire d'autoroute, comme une patate chaude. En général, une fois chez leurs enfants, ces « vieux-là » étaient choyés d'un côté comme de l'autre, afin de prouver à leur aïeul leur bonne volonté (c'est déculpabilisant en périodes de fêtes). Un comportement de parents divorcés, l'enfant étant remplacé par un vieux… Les enfants devenus adultes oublient cependant qu'une dinde est souvent trop sèche, surtout lorsqu'il manque un membre de la famille à table pour la partager. Elle reste en travers de la gorge, comme une arête qu'une mie de pain ne parvient pas à faire descendre. Il faut pourtant faire bonne figure, ne pas décevoir les petits-enfants pour qui la fête bat son plein et faire tout ce qu'il faut tant qu'ils sont encore petits ; se dire qu'on a peut-être loupé quelque chose dans l'éducation de ses enfants et tenter in extremis d'éviter de recommencer avec la nouvelle génération.

De l'équipe des petits Bleuets resteraient donc Étienne, Félix, Dominique, Martine et moi. Louis nous a invités chez lui pour le réveillon de Noël. J'ai accepté, à condition qu'il n'y ait pas de dinde. Louis a ajouté cette exigence de ma part à sa liste noire des convenances à éviter. Il m'a demandé la permission de nous servir du champagne.

ooo

1956

Je réussis à m'éclipser de l'auberge le lendemain soir en prétextant une course urgente à l'épicerie. J'avais mis mon bonnet-chapeau, espérant ainsi que personne ne me reconnaitrait une fois dehors. Edgard et ses acolytes de comptoir refaisaient une énième fois le monde, étant persuadés que ce soir était le soir où ils trouveraient enfin la réponse aux maux de la Terre.

Mon joli inconnu aux yeux verts était au rendez-vous au petit bar des Bleuets. Il avait mis une chemise en lin écru qui contrastait avec les rougeurs de ses joues. Il se leva pour me proposer une place assise à l'abri des regards indiscrets.

— Bonsoir, j'espérais tellement votre venue. Cette place vous convient-elle ? À moins que vous ne préfériez celle-là...

— Parfait. C'est parfait ici.

— Parfait. Enfin, vous l'avez déjà dit... Euh... Que voulez-vous boire ?

— Je suis venue avec la promesse d'un verre digne de ce nom, non ?

— Moi qui pensais que vous veniez pour mes beaux yeux...

Le barman a mis fin au trouble que je commençais à ressentir. Il ne m'a pas reconnue, à mon grand soulagement. J'évitais cependant de lever la tête, toujours sous les collerettes de mon chapeau.

— Qu'est-ce que ce sera pour ces deux tourtereaux ?

— Que nous proposez-vous d'exceptionnel, cher monsieur ?

— Allons donc… quelque chose d'exceptionnel… Pour une occasion exceptionnelle, je présume ? … J'ai bien un Dom Pérignon qui est pas mal cette année, mais je ne le vends qu'à la bouteille, car le champagne ne se garde pas une fois ouvert et j'en sers très peu en ce moment.

— Vous avez de jolies flûtes à champagne au moins ?

— Du service de ma grand-mère, mon bon monsieur ! Rien que ça ! Un champagne Dom Pérignon s'accompagne de verres dignes de ce nom !

Venant sûrement de gagner sa journée, le barman s'empressa d'aller préparer la commande.

— En parlant de nom, je ne connais même pas le vôtre ?

— Paulin. Pour vous servir, Zélia.

— Et comment connaissez-vous le mien ?

— Votre auberge est connue en ville, les gens parlent.

— Et que disent-ils, les gens ?

— *Ils disent qu'Edgard a fait un bon mariage pour tenir la boutique. Et que « Sans Zélia, il ne s'en sortirait pas. » Voilà ce que disent les gens en ville.*

Le barman nous a amené le champagne, deux beaux verres ciselés et finement sculptés. Il a fait couler les bulles chantantes après avoir fait sauter le bouchon dans une détonation qui a fait sursauter Paulin. Ensuite, il nous a amené un seau à champagne empli de glace dans lequel il a déposé la bouteille, puis un soliflore avec une rose rouge splendide.

— *Et voilà, m'sieur dame. Je vous laisse en compagnie de Dom Pérignon.*

Il en faisait un peu trop, mais je préférais ses manières à celles de mes pochtrons de clients habituels.

Le champagne était excellent. Comme ce moment. Nous avons discuté de tout et de rien, de nos vies respectives, des choix que nous avions faits et de ceux que l'on aurait dû faire. Je lui ai raconté mon enfance, mes douleurs enfouies, mes rêves aussi. Paulin m'a parlé également de son enfance heureuse, de sa femme décédée deux ans auparavant d'une leucémie foudroyante après seulement six mois de vie commune. Il se retrouvait veuf à vingt-huit ans.

Je me suis rendu compte que j'avais oublié l'heure lorsque la bouteille de champagne fut vide. Je me suis levée avec précipitation, me suis excusée auprès de Paulin. Je devais rentrer. Les mains vides. Je n'avais pas

pensé à ce détail et la panique s'installa en moi. Je
passais mes journées à servir de l'alcool à des habitués
et je ne connaissais même pas ses effets. Une fois dehors,
ma tête se mit à tourner et je me sentis vaciller.

ooo

Dimanche, avec Isabelle, Martine et Blaise, nous sommes
allés à la brocante du village et avons déniché un beau
bureau en chêne massif en parfait état. Le propriétaire,
qui déménageait dans un petit appartement à Paris à la
suite d'un divorce, fut ravi de s'en débarrasser et nous fit
un prix très intéressant, livraison comprise le jour même.
La table en formica de monsieur le directeur put enfin
rejoindre le réfectoire. L'équipe des petits Bleuets a été à
l'unanimité d'accord pour lui offrir avec une partie de
notre recette des ventes de Noël. Étant absent ce
dimanche, il aurait la surprise en ouvrant sa porte le
lendemain, avec une petite carte bien en évidence :

« Ce bureau n'est plus tout jeune, comme nous.

Mais il est robuste, comme nous. ;-)

Joyeux Noël monsieur le directeur. »

Les résidents connectés et/ou connectables passaient
maintenant au moins une heure par jour à dialoguer ou à

surfer sur le net : messagerie, recherche, informations…
échanges de bons vœux avec les MDR avec lesquelles
nous avions sympathisé, promesses de futurs envois de
photos de famille, etc. Le planning comporte désormais
une ligne en plus, afin de déterminer un ordre
d'occupation des ordinateurs mis en commun. Gare à
celui ou celle qui empiète sur l'heure d'autrui et tant pis
pour les retardataires ! L'heure creuse se situe pendant la
diffusion de la série : "*Un bel été pour mourir dans tes
bras.*"

J'ai de nouveau envoyé un message à Julien pour lui
souhaiter un joyeux Noël.

À lundi.

Lundi 29 décembre 2014

Louis avait fait les choses en grand. Superbes décorations de table, les petits plats dans les grands, bougies tendance, vaisselle raffinée, ambiance musicale moderne. Seuls les invités avaient de la bouteille.

Ces dates programmées de fête et de bonne humeur obligatoire me filaient parfois le bourdon, mais j'estimais qu'aller à l'encontre d'une telle universalité positive ne rendrait pas le monde meilleur. Que l'on soit croyant ou pas, ces moments de partage sont importants et permettent souvent de remettre annuellement les compteurs de rancœurs à zéro dans les familles et belles-familles. Quand il y a un problème sur un ordinateur : on reboot... non ?

Nous étions entre amis. Et entre vieux. Aucun compteur à remettre à zéro. Reboot another day pour les Agents Spéciaux Seniors ! Le pied ! Bien décidés à ne pas laisser la morosité de Martine pointer le bout de son nez et n'ayant pas convié mesdames Nostalgie et Mélancolie, nous avons passé un excellent réveillon chez Louis. Nous avions tous amené quelques victuailles malgré le menu déjà complet commandé par Louis chez le traiteur. La soupe et ses croutons dorés des Bleuets furent remplacés par un velouté mousseux de homard et ses asperges en folie ; l'endive au jambon, par le chapon et ses amis les champignons sur un lit de purée enneigée ; la compote ou le yaourt, par la bûche glacée présentée sur un traîneau en nougatine fondante. Il avait été convenu par Martine et Étienne qu'ils apporteraient le fromage. Au lieu des traditionnelles Vache qui rit et Saint Moret, Martine avait donc amené du Bougon, fromage de chèvre des Deux-Sèvres, et Étienne des Boutons de Culotte, made in Saône-et-Loire. Dominique, Félix et moi avions prévu de quoi faire descendre toutes ces petites merveilles ; Blaise, des amuse-gueules pour l'apéritif.

— Elles sont bonnes, tes olives, Blaise ! a dit Martine.

— Oh oui Blaise, j'adore tes petites olives ! a plaisanté Étienne en imitant la voix de Martine.

— Eh eh ! J'ai tout prévu, j'ai pensé à vos bridges et j'ai pris la version dénoyautée ! Elles sont tendres et parfumées… On dirait le Sud, le temps dure longtemps… a chantonné Blaise.

— Oui, elles sont parfaites, lisses comme la peau de mes …

— Étienne ! Nous ne sommes qu'à l'apéritif et tu es déjà en forme ! a réprimandé Martine.

— Et encore… Tu m'aurais connu avant… Je pétais la forme toute la journée ! C'était le bon vieux temps, de l'histoire ancienne… Aujourd'hui, je me dois de vous le dire, mes amis… Je profite que nous soyons tous réunis autour de cette table pour vous annoncer que je suis atteint de CDC ... Je suis en phase terminale, c'est bientôt la fin...

Étienne arborait une mine déconfite. On attendait tous la suite dans un silence cérémonial.

— Mon Dieu ! s'est écriée Martine. Dis-moi que ce n'est pas vrai ! Tu as un cancer ? CDC ? C'est quoi comme cancer ? Cancer du côlon, c'est ça ?

— Non, c'est bien plus grave. CDC ... C'est... la calvitie des couilles ! AHAHA Je vous ai bien eu !

Nous avons pu apprécier à cet instant le talent caché de Martine : le lancer d'olives marinées en pleine poire.

— Si ce n'est que ça, mon pauvre Étienne, tu ne t'en sors pas si mal ! a dit Félix. Quand j'avais vingt ans, ma bite était une vraie boussole : elle me montrait toujours le Nord ! Maintenant, elle trouve des radiations à Toulouse, un vrai compteur Geiger ! Qu'il est loin, mon pénis, qu'il est loin... Oh Touloouuuseuuu !

— Oh la looose ! a continué en chœur Étienne.

— Je me sens moins seul, les mecs !

Là, c'était Louis. Tout le monde s'est tu pour l'écouter, nous n'avions jamais entendu un seul mot déplacé sortir de sa bouche.

— Moi aussi, je trouve que j'ai la bite de plus en plus petite !

— Mais non, mec ! Elle est juste de plus en plus loin, c'est tout ! Pas pratique avec des verres progressifs… a dit Félix.

— Tu veux une loupe ? a demandé Étienne.

— Files-moi plutôt un microscope, ouais…, a dit Louis d'un ton monotone.

Je m'attendais à un nouvel éclat de rire général, mais seules Dominique, Martine et moi avons ri. Les hommes étaient dans leurs pensées, en compagnie de madame Nostalgie qui tentait une percée, le regard dans le fond de leur verre vide.

— Quand je pense qu'avant, je n'avais même pas à baisser la tête … je la regardais droit dans les yeux, comme ça … dit Étienne en mimant le geste. Mais bon, tout n'est pas perdu : j'ai la peau du cul qui pendouille, mais j'ai la peau des couilles trop tendue !

— Quel poète, a admis Félix.

— Moi avant, quand je la sifflais, elle était directe au garde à vous… Maintenant quand je la siffle, j'ai le dentier qui lui tombe dessus, dit Félix en riant, suivi immédiatement par le reste de la troupe.

— Et vous les filles ? Quels sont vos constats ? a demandé Louis.

— Eh bien… Pour la partouze, c'est mal barré pour ce soir apparemment ! Joyeux Noël quand même ! Tchin Tchin ! dit Dominique en levant son verre dans un grand éclat de rire.

— Tchin ! répondit Martine, on aurait dû inviter Norbert… À mon avis, il n'a pas besoin de loupe, lui !

— Oooouuuuhhhh Martine ! Voilà qu'elle craque pour le grand black ! a dit avec jubilation Isabelle.

— Mais non, ce n'est plus de mon âge, voyons… Je profite d'avoir encore une bonne vue, c'est tout ! « *Coucher avec un vieux, quelle horreur, mais coucher avec un jeune : quel travail !»* disait Alice Sapritch.

Et le champagne a coulé à flot.

Recette personnelle : prenez des convives au hasard, ajoutez-y un meneur d'équipe, quelques condiments épicés, évitez les nutriments périmés (ou rafraîchissez-les à l'aide de glaçons), mélangez et laissez agir ; si la sauce ne prend pas, changez de recette… ou de convives. Bon appétit !

Nous avons tous dormi chez Louis, c'était plus raisonnable ! Et le lendemain, nous avons terminé les restes du menu gastronomique. Lorsque nous sommes

sortis de chez Louis, il s'est mis à neiger. C'était parfait.
Comme à Disneyland Paris.

À l'année prochaine. Bonne fin d'année. (C'est un
constat.)

Lundi 5 janvier 2015

Le réveillon du nouvel an fut beaucoup plus calme. Louis a dû s'absenter quelques jours et est resté discret sur le sujet. Étienne est parti chez un cousin pour fêter la nouvelle année. Félix ne se sentait pas très bien et est allé se coucher tôt.

La MDR des Bleuets avait organisé une petite fête, kir royal, saumon fumé, dinde farcie, fromage chaussée aux moines, bûche pâtissière, tisane, cotillons et Dany Brillant en sourdine pour les danseurs chevronnés. Tout le monde se souhaita une bonne santé à minuit pile et à minuit trente, les lumières s'éteignirent. J'envoyai de nouveau un message à Julien, de bons vœux 2015 cette fois. Il doit être parti dans sa famille pour les fêtes.

Samedi 3 janvier, jour des visites, fut le jour du retour au bercail des résidents en vadrouille. La colonie de vacances était terminée, les devoirs familiaux consommés, les présents distribués. C'est assez incroyable le manque d'imagination dont peuvent souffrir les enfants devenus adultes, une fois que leur tour est venu de gâter leurs vieux. Au cours de l'année, pendant les visites, ils passent leur temps à leur faire la morale à coups de :

- Fais attention à toi - Manges-tu équilibré ? - Fabienne nous dit que tu ne manges pas ta viande ? - Mange donc des pruneaux, ça facilite le transit. (Conseil auquel on a envie de répondre : Tu es comme le pruneau, mon chou, tu me facilites le transit intestinal !), - Tu restes assise toute la journée, tu ne te promènes donc pas un peu dans le jardin ? Tu as bien fait les exercices du kiné ? etc.

Et lorsqu'ils ont l'opportunité de les choyer, ils leur offrent : des boites de chocolat, des biscuits, un gilet bien chaud pour l'hiver, le dernier exemplaire des Éditions Harlequin, des cadres photos ou encore mieux : un plaid, sans parler des sempiternelles charentaises qui sentent encore le bouc. Le radoteur n'est pas toujours celui qu'on croit… Pendant ce temps, ils ouvrent leurs cadeaux respectifs : un weekend en amoureux à choisir dans un catalogue, une nouvelle tenue de soirée pour madame, un vélo d'appartement pour monsieur, le dernier iPhone pour l'ado qui fait la gueule, etc. Et mémé ? Un beau plaid pour rester au chaud en engloutissant des Ferrero (pas droit aux Mon Chéri : ça coule partout) ! Sympa la famille. À moins que ce ne soit qu'une forme inconsciente de vengeance, pour qui n'a pas eu le choix de finir son assiette en étant môme… Allez savoir !

Avant que l'idée de déposer une main courante pour vous plaindre de mes propos ne vous traverse l'esprit, je tiens à préciser que ce comportement n'est pas une généralité. Les choses évoluent peu à peu, les vieux sont vieux plus tard qu'avant et il arrive parfois qu'ils soient mieux équilibrés que leurs enfants dans certains domaines. Je vous parle de ceux que je côtoie ici.

Une fois les familles reparties, nous avons fait l'inventaire des cadeaux de Noël reçus. Par habitude, les résidents comparèrent leurs énièmes boites de chocolats avec des critères plus intéressants les uns que les autres : la taille de la boite, le poids, le nombre de chocolats, la marque et, en cas d'égalité, l'on jugeait la beauté de la photo sur le couvercle. Bien entendu, personne ne tombait jamais d'accord.

Renaud avait reçu trois boites de pralines différentes.

Jacques était l'heureux propriétaire du dernier Barbara Cartland : 158 pages de bonheur en guimauve qui iront contribuer à cacher quelques centimètres supplémentaires de tapisserie murale sur son étagère.

Blaise était l'heureux propriétaire d'un cadre magnifique 50 x 40 cm représentant son fils et sa belle-fille prêts à faire le grand saut en parachute.

Isabelle pouvait être tranquille : elle n'aura plus jamais froid aux jambes… ni aux pieds grâce aux magnifiques charentaises assorties au plaid de la même matière.

J'ai regardé de loin ces exhibitions de trophées pathétiques, pour finir par me dire qu'il était temps que je fasse quelque chose. Je sentais le sang bouillir en moi. Ils vont passer des heures à choisir leurs petits weekends dans leur coffret Wonder box et ils auront mis trente secondes TTC à hésiter entre une boite de Lindt ou une boite de Suchard. Hors de question que leurs rejetons aillent à l'école avec autre sac qu'un Eastpak, on risquerait de se moquer d'eux ! Mais pour mémé, rien n'est trop moche ! Même pas ce plaid en mouton retourné, avec les bouclettes assorties au nœud papillon des chaussons !

Ah non ! Elle va être contente, mémé ! De toute façon, qu'est-ce qu'on pourrait bien lui offrir d'autre ? Des baskets ?

Oui, pourquoi pas ! Il y a vraiment des coups de pieds qui se perdent… Ils doivent se dire que ça leur fera moins mal en charentaises un bon coup de pied au cul !

Blaise restait perplexe devant son cadre doré à l'or fin.

— Tu penses qu'il vaut combien ? lui ai-je demandé.

— Quoi ? Mon fils ? Je ne donnerais pas cher de sa …

— Le cadre, voyons… Il doit valoir une coquette petite somme…

— Oui, sûrement. Dommage que son contenu en fasse redescendre la valeur !

— Tu connais le site « padacor.fr » ?

— Un site anarchiste ?

— Non, mais le voir ainsi ne me déplairait pas, Blaise : c'est un site où tu peux mettre en vente les cadeaux qui ne te plaisent pas mais qui pourraient faire le bonheur des autres. Réfléchis-y.

— Tu voudrais que je mette en vente la tête d'ahuri de mon fils sur le net ? Y a bien ma belle-fille, mais on n'y voit même pas son décolleté avec cet accoutrement !

Il a retourné le cadre dans tous les sens, espérant peut-être que les nichons de sa belle-fille sortent de sa combinaison en lui mettant la tête à l'envers.

— En revanche, le cadre… Peut-être bien qu'il vaut dans les 80 euros quand même… D'habitude, ils laissent l'étiquette du prix quand ils ont payé cher, mais là, je ne la trouve pas, alors… Tu crois vraiment que…

— Que quoi ? a interrompu Isabelle qui venait de nous rejoindre.

— Zélia me dit qu'il existe un site où tu peux revendre les cadeaux de merde.

— Mais… enfin… On ne revend pas un cadeau ! Ça ne se fait pas ! Un cadeau de ton fils en plus! Regarde comme il a l'air heureux avec sa femme : ils respirent le bonheur !

— Justement, il m'éclabousse de son bonheur, mais il ne pense jamais au mien ! Et il faudrait en plus que je voie sa tronche tous les matins en me levant ? Chez lui, il y a un mur où il expose ses diplômes, les photos de ses exploits sportifs, les photos de son chien à côté de la tête du cerf qu'il a fait empailler après l'avoir achevé… pas une seule photo de son père. Moi, je préfère ma tapisserie jaunâtre à son teint blafard.

Il a posé le cadre sur la table, a croisé les bras, levé le menton et a fait pivoter sa mâchoire inférieure par-dessus ses incisives, le regard dur : bref, il boudait. Il avait parlé un peu fort et quelques résidents s'étaient approchés.

— Que se passe-t-il ici ? Une histoire drôle que j'aurais loupée ? a demandé Étienne.

— Blaise veut revendre son cadeau de Noël sur internet, et je lui expliquais que, vis-à-vis de son fils, ce n'était pas très…

— Ah ouais ? On peut faire ça ? a demandé Jacques.

— Oh ! Tu ne vas pas t'y mettre non plus, Jacques ! s'est écriée Isabelle.

— En même temps, si un tel site existe, c'est qu'il y a de la demande ! répliqua Jacques. Quelle est la différence entre vendre son cadre maintenant ou le mettre dans un carton qui finira dans un grenier à sa mort ?

— Mais enfin, c'est un souvenir, un cadeau de son fils et de sa belle-fille !

— Oui effectivement : un souvenir ! Un souvenir … pour eux ! Pour ceux qui ont vécu ce saut en parachute ! Cela ne fait que mettre en évidence ce que Blaise ne pourra jamais faire !

— AH OUAIS ?! a hurlé Blaise. Vous êtes qui d'abord pour me dire ce que je peux faire ou pas ? On dirait mon fils, bordel ! Dommage, n'y a pas assez de place pour mettre vos gueules dans le cadre ! Allez tous vous faire foutre !

Je ne pensais pas que la discussion tournerait ainsi. Blaise s'est levé et nous ne l'avons pas revu avant le soir. Blaise est parfois bourru, mais il n'est pas rancunier. Il est venu nous rejoindre à notre traditionnel rendez-vous du tarot.

— Je ne pensais pas ce que j'ai dit tout à l'heure… Enfin, je veux dire à propos de la proposition indécente que je vous ai faite, a-t-il dit, la tête plongée dans son jeu.

— On s'en doute, vieux, ne t'inquiète pas, l'a rassuré Jacques. En tout cas, tu fais ce que tu veux avec ton cadre et son poster, mais moi j'ai bien l'intention de revendre ma série d'Harlequin. J'en ai dix-huit, mon étagère est atteinte de diabète chronique. Zélia, je veux bien que tu me montres comment procéder.

— Je serai des vôtres ! a décidé Renaud. Mon neveu et mes nièces sont gentils, mais ils ont juste oublié que j'étais dialysé… Ou alors ils souhaitent que je quitte ce monde plus tôt…

— Avec plaisir, Jacques et Renaud. Réfléchissez au prix que vous voulez demander et on fait ça ensemble demain.

— Je ne trouve toujours pas cela très moral, Zélia… C'est parce que tu n'as pas eu la chance d'avoir tes propres cadeaux que tu réagis ainsi ?

— Ah les nanas… Qu'est-ce qu'elles peuvent se balancer comme vacheries entre elles…, marmonna Félix.

— Ah parce que tu trouves que vous, les hommes, avec un « Allez tous vous faire foutre ! », vous êtes polis ?

— Arrêtons, les amis, s'il vous plaît, ai-je dit. Chacun s'est exprimé sur ses ressentis, c'est le principal. Eh non, Isabelle, je ne fais pas cela parce que je n'ai pas eu de cadeau. Le cadeau que l'on reçoit reflète l'idée que la personne se fait de nous. Blaise s'est pris son cadre en pleine figure, Jacques aurait apprécié un peu plus d'originalité, quant à Renaud, il doit se sentir blessé… Offrir des chocolats à quelqu'un qui n'a plus de reins, ce n'est pas non plus très moral, tu ne trouves pas ? Nous sommes tous ravis pour toi que ton plaid et tes charentaises te plaisent, cependant.

— Tu n'avais pas déjà eu un plaid l'année dernière ? demanda Dominique.

— Oui, mais c'était un plaid d'été, beaucoup plus fin et plus coloré ! Celui-ci est beaucoup mieux, on voit que c'est de la qualité.

— Et … tu avais eu des tongs avec ton plaid d'été ? plaisanta Blaise.

Ce n'était pas très délicat comme remarque, chacun s'en rendit compte, mais nous n'avons pas pu nous retenir de pouffer de rire. Nous n'avons pas eu droit à un théâtral « Allez tous vous faire foutre ! », cela ne faisait pas partie du vocabulaire d'Isabelle. Mais elle fondit en larmes. Nous avons arrêté la partie de cartes et l'avons raccompagnée à sa chambre. Blaise s'est excusé platement de sa mauvaise blague auprès d'Isabelle. Elle a répondu par un geste de la main qui signifiait « laisse tomber, ce n'est pas important ». Nous aurions préféré une réaction vive, voire une insulte, plutôt que son affichage de lassitude extrême. « Demain est un autre jour » : c'était sûrement sa philosophie du moment.

Lundi 12 janvier 2015

Jeudi, c'était l'anniversaire de Blaise. Louis avait réservé une grande table au restaurant du village "Le Régalâge" et nous lui avons fait la surprise.

Louis avait prétexté avoir besoin de ses conseils pour l'achat d'une perceuse, faisant une pause en chemin pour lui offrir une bière. Lorsqu'ils ont poussé la porte, l'équipe des petits Bleuets au complet entama un « Joyeux anniversaire » tonitruant. Denis et Chantal étaient également présents. Blaise était très ému et au lieu de dire « Merci ! », il a lancé un « Tournée générale pour mes amis, Patron, s'il vous plaît ! », ce qui nous allait bien aussi. Nous avons attendu le dessert pour lui donner son cadeau. Isabelle avait insisté pour s'en charger.

— Votre attention, s'il vous plaît ! commença-t-elle en tapotant son couteau sur le pied de son verre. Nous sommes réunis ici aujourd'hui pour fêter l'anniversaire de Blaise…

— Ah bon ? Ce serait donc pour cette raison qu'autant de bouteilles traînent sur cette table… a ironisé Félix.

— Chut Félix ! Je disais donc, Blaise, aujourd'hui tu fêtes tes quatre-vingts ans, et nous avons la chance de partager ce moment avec toi. Nous avons tenu à symboliser cette journée, en t'offrant ceci.

Isabelle a sorti le cadeau de Blaise de dessous la table, elle le lui a tendu en ajoutant :

— Fais-en bon usage, c'est le moment ou jamais.

Blaise a déballé le cadeau entouré de papiers journaux pour découvrir un cadre photo 50 x 40, doré à l'or fin. Son cadre photo. Celui que son fils et sa belle-fille lui avaient offert. Mais sans leur photo dedans.

— C'est une blague ? Vous êtes fauchés à ce point ou il y a un message tellement profond que je n'y comprends rien ?

Toutes les paires d'yeux étaient rivées sur Blaise.

— Ok. Apparemment, je ne comprends rien. Euh… vous voulez que je mette une photo de groupe de l'équipe des petits Bleuets dedans ? Oui, c'est une bonne idée, pourquoi pas, mais je vois déjà vos tronches du matin au soir, alors sur ma table de chevet, je préfère Angelina Jolie, ne m'en veuillez pas…

— Ah moi, c'est Monica Bellucci en maillot de bain, elle a de ses roploplos…, a dit Étienne, joignant le geste à la parole.

— Regarde donc d'un peu plus près l'emballage de ton cadeau, a coupé Jacques.

— Quoi ? Les journaux ? Bon, alors… cherchons des indices… Ici… la page horoscope : Capricorne est entouré … : votre persévérance et votre extrême amabilité, des qualités très développées dans votre signe, pourraient être récompensées. Prévoyez un petit cadeau du ciel.

— Euh… « Extrême amabilité » ? Tu ne t'es pas trompé de signe ? a plaisanté Martine. Ce sont des lunettes qu'on aurait dues lui offrir, les amis !

— Hum hum… Je continue ? Il y a d'autres indices ?

— Oui, continue !

— Alors… page scientifique… biographie de Galilée… Rubrique nécrologique ? Vous m'avez réservé un emplacement en or dans l'espace ?

— On t'aime bien, mais pas à ce point-là, oh ! ricana Denis.

— Bon allez, dis-lui Isabelle, ou mon pacemaker va lâcher ! a imploré Chantal.

— D'accord. Blaise, lis-nous le petit article du jour en bas de cette page, derrière la page nécrologique.

— Alors… ah oui donc… « *Scoop : gériatrie en folie : si son check-up le lui permet, un tout jeune octogénaire va tenter un baptême de l'air de saut en parachute, en tandem. C'est en effet la belle surprise à laquelle a eu droit Blaise, résident de la maison de retraite des Bleuets, lors de son anniversaire de la part de ses amis.*

« Il n'y a plus d'âge pour planer ! » *nous explique Zélia, l'initiatrice de ce cadeau surprise, déjà connue pour avoir organisé une escapade groupée au cinéma de quartier en octobre dernier, dont les gendarmes se souviennent encore.* « Afin de préserver notre bonne santé et garder un moral d'acier, nous avons revendu nos cadeaux de Noël inutiles et avons offert à notre ami Blaise une aventure inoubliable dont il pourra garder un souvenir exceptionnel. J'espère qu'une fois les pieds sur terre, il nous fera vivre son expérience comme si nous étions avec lui. » *Un souvenir qui, en effet, pourra présider sur sa table de chevet dans un joli cadre photo ! À suivre, dans une prochaine édition... Fabien.* »

— Carrément dans le journal Blaise... balaise ! a dit Étienne impressionné.

— Alors là... je suis sur le cul... a dit Blaise. Vous avez finalement vendu vos cadeaux de Noël ? Toi aussi, Isabelle ?

— Que le plaid ! J'ai gardé les charentaises, c'est tout ce que tu vaux, a plaisanté Isabelle.

— Je ne trouve pas les mots, je ne sais pas quoi dire, en même temps j'ai les chocottes, je ne sais pas si je vais pouvoir le faire... dit Blaise.

— C'est en tandem, Blaise, lui expliquai-je. Tu seras attaché à un pro, tu n'auras qu'à le laisser faire. Toi, tu auras juste à profiter, à planer. Bien sûr, visite médicale obligatoire : il faut l'accord du médecin.

— Un baptême à ton âge… Pendant la descente, tu vas avoir la peau du visage tendue comme les couilles d'Étienne et la banane jusqu'aux oreilles ! Effet antirides garanti : c'est mieux que le collagène… Et puis quand y a de la gêne, y a pas de plaisir ! a dit Félix.

— Quel poète ! dit Étienne.

— Pourquoi Galilée ? Je ne vais pas aller si haut que ça quand même… demanda Blaise.

— Un indice faisant référence à l'un de ses travaux : tu vas porter un appareil destiné à ralentir la chute de ton corps, répondit Isabelle.

— Pas mal, oui… Et… en ce qui concerne la rubrique nécrologique ? Vous avez des dons de voyance ?

— Ah ah … rassure-toi ! Cependant, c'est comme pour une opération chirurgicale, il existe toujours un risque… Et le patient doit en être informé.

— Ah… sympa… J'ai hâte… Je dois aussi signer une décharge en cas d'accident ?

— Il faudra voir la paperasse avec le club de parachutisme. Je suppose qu'ils prévoient ce genre de cas, comme tout organisme bien formaté, a précisé Dominique.

— Tu vas planer, mec ! Sans drogue, sans femme, sans alcool… Juste avec un autre mec derrière toi… une nouvelle expérience à quatre-vingts piges... Il n'est jamais trop tard pour virer sa cuti... dit Étienne, qui voulait changer la tournure de la discussion.

— ... et tu pourras remplir ton cadre doré à l'or fin ! a coupé Isabelle, qui voyait la discussion dériver dangereusement.

— ... et l'envoyer à ton fils pour qu'il ait un souvenir de toi sur son mur de trophées ! a proposé Martine.

— Eh eh... l'idée ne me déplaît pas... réfléchit Blaise. Mais ce souvenir sera le mien, le vôtre. Je vais attendre les beaux jours pour ne pas ressembler à un glaçon une fois là-haut. Ce cadre, une fois habillé, deviendra magnifique et restera aux Bleuets. Patron ! Une autre tournée générale, s'il vous plait !

Blaise avait des étoiles dans les yeux. Si la lumière n'avait pas été aussi tamisée dans le restaurant, j'aurais juré qu'il pleurait.

ooo

1956

Lorsque je rouvris les paupières, ses beaux yeux verts me fixaient. Paulin était penché sur moi, l'air inquiet.

— *Comment vous sentez-vous ?*

— *Où suis-je ? Ça fait combien de temps que je suis là ? Qu'est-ce que je fais ici ?*

— *Tout va bien maintenant. Vous êtes chez moi. Vous vous êtes évanouie en sortant du bar, j'ai à peine eu le temps de vous retenir, vous alliez tomber dans le caniveau.*

— *Comme mes pochtrons de clients... Je suis vraiment désolée. Paulin, je n'ai pas l'habitude de boire... Je ne sais pas ce qui m'a pris... J'ai honte, vraiment...*

— *Honte de quoi ? D'avoir fait une pause agréable pour une fois dans votre vie ? D'avoir dégusté un Dom Pérignon ? D'être sortie de votre antre lugubre pour aller retrouver un autre homme ?*

— *Non. Rien de tout cela. Je ne regrette pas une minute passée avec vous. J'ai honte de moi d'avoir pu vous laisser me voir ivre. Ce n'est pas très glorieux pour une femme, mariée de surcroît. Je dois rentrer maintenant.*

— *À cette heure-ci ?*

— *Mais quelle heure est-il ?*

— *Quatre heures du matin.*

— *Mais... pourquoi ne m'avez-vous pas ramenée à l'auberge ? Edgard doit être mort d'inquiétude...*

— S'est-il seulement aperçu de votre absence... peut-être bien, en effet, en voyant traîner les verres sales sur le comptoir avant de fermer boutique...

— Que vais-je lui dire en rentrant ? Je suis partie hier soir en lui disant que j'allais à l'épicerie, et voilà qu'il est quatre heures du matin...

— Le mieux est de rentrer à l'aube, alors qu'il est encore endormi. Vous prendrez prétexte de son ébriété comme alibi.

— C'est moi qui suis saoule et je vais l'accuser ?

— Sinon, dites-lui la vérité... Mais j'ai une bien meilleure idée : laissez-le tomber, venez vivre avec moi. Il ne vous aime pas. Il ne vous mérite pas.

— Et vous, oui ? Parce que monsieur m'a fait boire du Dom Pérignon, je dois tout quitter pour lui ?

— Ouvrez les yeux : vous n'aimez pas votre mari, vous vivez dans un endroit qui vous répugne... Vous devez tout quitter parce que vous m'aimez, Zélia...

— Ah mais quel prétentieux vous faites !

Pourquoi êtes-vous venue à notre rendez-vous, Zélia ?

— Parce que... parce que...

Et j'éclatais en sanglots. Paulin m'entoura de ses bras doucement, je m'y laissais faire naufrage. Nous voguâmes ensemble loin... si loin que je perdis pied encore une fois.

Au petit matin, ma décision était prise. J'allais tout quitter. Cependant, Paulin avait tort : Edgard m'aimait. C'est du moins ce qu'ont écrit les journaux du lendemain à la première page : « Fou de jalousie, un homme a tiré une balle dans la tête de l'amant de sa femme au petit matin. »

ooo

La fin de semaine fut moins festive. Il suffit parfois juste d'un mail pour vous ramener sur Terre.

« Bonjour chère Zélia,

Je me permets de vous contacter pour donner suite à la demande insistante de mon fils Julien. Je ne sais pas si vous avez appris la mauvaise nouvelle, mais Julien est atteint d'un cancer du cerveau incurable, un glioblastome extrêmement grave. Les médecins me laissent peu d'espoir, mais je décide d'y croire jusqu'au bout. Ils vont tenter une opération afin d'essayer de réduire la tumeur. Julien a beaucoup insisté pour que je vous contacte, sans me dire exactement pourquoi. Il m'a juste dit : « Contacte Zélia à cette adresse, dis-lui de venir me voir jeudi à 13 h pile. » Il a vraiment insisté sur le jour et l'heure. Au début, je ne voulais pas, car, vu votre âge, je ne pense pas que ce soit une bonne idée d'aller dans ce genre de service hospitalier. Mais Julien me harcèle. Alors voilà, c'est fait. Finalement, c'est peut-être une bonne chose s'il a envie de vous voir : vous arriverez à lui donner espoir, car moi, je n'y parviens plus. Vous trouverez ci-dessous les informations nécessaires pour pouvoir le visiter. Merci et peut-être à bientôt.

Claudine. »

Dix-sept ans. J'en ai quatre-vingts et je n'ai même pas de diabète ni de cholestérol. Je m'arrête là ce soir, la vie est trop mal faite. Je voudrais que ces trente dernières secondes n'aient jamais existé.

J'ai mal. Mon stylo m'échappe.

Lundi 19 janvier 2015

Julien n'est plus. Je ne peux pas commencer cette nouvelle page en racontant ce qu'il s'est passé chronologiquement. Je ne veux pas commencer cette page par « Je suis donc allée voir Julien… ». Si je commençais ainsi, j'aurais l'impression d'écrire un roman où je pourrais choisir la fin de l'histoire. Choisir la fin de l'histoire. C'est pourtant exactement ce que nous avons fait, Julien et moi. Il faut pourtant que je me confie ici. J'en ai besoin.

Treize heures pile. J'ai d'abord cru que je n'arriverais pas à entrer dans la chambre. Je ne reconnaissais pas cette silhouette fragile sans ses écouteurs.

Dans le couloir, je venais de croiser un adolescent avec l'allure de Julien, tête baissée, mains dans les poches de son jean, les oreilles asphyxiées sous un casque digne d'un chantier aéronautique. Je me souviens avoir espéré un instant que ce put être lui qui était miraculeusement guéri.

Allongé sur le lit, Julien était très faible. La chimiothérapie faisait son travail : en tentant d'éradiquer la tumeur, elle affaiblissait considérablement son hôte et empoisonnait l'organisme. Mes jambes ont tremblé. Le chambranle de la porte comme seul appui, je pris une grande inspiration chargée d'exhalaisons médicamenteuses. C'est à cet instant précis, les yeux fermés, que je compris que la demande expresse de Julien pour me voir n'était en fait qu'un appel au secours.

Je rouvris les yeux sur le regard implorant de Julien. Je ne pouvais plus faire marche arrière.

« Zélia. Je suis foutu. N'écoute pas… ma mère. Elle ne sait … pas tout… Les neurologues veulent … lui laisser garder … espoir, ça fait partie de leur job. Je les ai entendus parler entre eux… lorsqu'ils me croyaient inconscient. J'ai la tumeur la plus … virulente qui soit : je suis trop fort, j'ai gagné. Zélia… le gros lot … du premier coup. Ils m'opèrent dans deux … jours… Ensuite… mon état va empirer …Très vite… Je ne me remettrai pas de l'opération… J'ai l'impression … d'être… un cobaye. Bientôt, je ne pourrai plus … parler, je vais tout … oublier, je ne… peux déjà plus me lever… les crises… d'épilepsie m'empêchent de… dormir. Je ne supporte … plus … les visites de ma famille. Je les fais souffrir… je souffre … tellement aussi. J'ai peu de temps… pour pouvoir te dire … de m'aider. Toi …tu peux me comprendre… je le sais. Je vais… mourir… ce n'est qu'une… question de … temps. »

J'ai eu du mal à comprendre tous les mots ; une partie de son visage était comme engourdie. Il articulait très mal, mais il avait une telle motivation à me parler qu'il ne s'en rendait pas compte. Chaque mot prononcé me plantait un couteau dans le cœur. Je lui essuyais avec un mouchoir la salive qui s'était échappée de sa bouche à vouloir trop parler. Dans un effort surhumain, il réussit à saisir mon bras pour ne plus le lâcher.

— Zélia… Je t'en prie… Tu es… Mon amie… fais-le…

Je craignais de comprendre.

— Je suis ton amie, Julien, et tu es le mien aussi. On va se battre ensemble, jusqu'au bout. Je serai là pour toi dès que…

— NON ! … Tu ne comprends pas… S'il te plaît… Écoute moi… Ma mère va… bientôt arriver.

— Julien, tu as dû avoir une trop forte dose de morphine… Tu délires… Tu es jeune, il reste sûrement une chance de…

— NON ! Je ne suis pas drogué… Je me souviens… De tout… de Dominique et son … fauteuil roulant… du chauffeur de bus … Yann… de ton film de cul… du selfie… de Facebook… du drone … explosé chez les dingues… Zélia… Je veux partir … avec toute ma tête… S'il te plaît… Prends mon … téléphone… lis les sms de … Remy… ensuite… supprime les…

Ce que je fis. Le SMS 1, 12 h 42 disait :

« Z., Julien est mon meilleur pote. On fait n'importe quoi pour ses meilleurs potes. Alors, j'ai fait ce qu'il m'a demandé… Du moins, une partie seulement, car la suite … est trop difficile pour moi. Il m'a dit que tu avais plus

de couilles que moi, Z. Je ne sais pas qui tu es, j'écris juste ce message que Julien te fera passer. Bref, je me suis démerdé pour récupérer la clé du coffre à pharmacie, tirer des seringues de morphine, elles sont sous son oreiller ; les seringues sont auto-pulsées, tu auras besoin de la clé pour les débloquer au moment venu, elle se trouve dans sa main gauche. »

Le SMS 2, 12 h 44, continuait par :

« Il parait aussi que t'es pas trop con, donc a priori tu sais déjà ce qu'il te reste à faire. Julien me dit de te préciser qu'il a demandé aux médecins d'en finir, mais qu'ils ne veulent rien entendre, sa mère encore moins. Il compte sur toi. Moi aussi, Z. Lorsque ce sera fait, ne cherche pas à me retrouver. »

Comme convenu, je supprimais définitivement les SMS. Mon cœur battait la chamade.

— C'est trop dur, Julien… Tu n'as que dix-sept ans…

— … et je … n'aurai … jamais que… dix-sept ans… Si tu ne le… fais … pas … je dis à … tout le… monde que … tu … mattes des films … cochons… en cachette… à … quatre-vingts balais… Aide-moi à partir, Zélia, je t'en supplie. »

Même dans son état, il faisait de l'humour. Quel courage… Devient-on encore plus courageux juste avant de mourir ? Julien ouvrit sa main, faisant ainsi apparaitre une sorte de petite clé.

Le hasard nous avait fait nous rencontrer, à cet arrêt de bus. C'était peut-être finalement pour en arriver à cette étape ultime. Julien nous avait aidés à vivre un moment extraordinaire ce samedi d'octobre et je l'aidais à mourir dans des circonstances extraordinaires.

Nous l'avons fait ensemble. Tout est allé très vite. J'ai pris la clé et actionné le système de déverrouillage de la seringue déjà installée afin de libérer tout le produit. Ensuite, j'ai rapproché le pied à perfusion du lit de Julien, installé une seconde dose, j'ai pris sa main pour la poser sur la seringue, en le regardant dans les yeux avec assurance, car je sentais que c'est ce dont il avait besoin. Julien a fait le reste sans lâcher mon regard autant qu'il a pu… jusqu'à la dernière seconde. Je suis sortie après lui avoir déposé un baiser sur le front. Une larme d'octogénaire est alors tombée sur son crâne lisse, elle a roulé vers l'oreiller pour finir par être absorbée, comme si elle n'avait jamais existé.

La vie d'une larme est si courte. Elle est l'essence même d'un trop-plein d'émotion. Elle disparait aussi vite qu'elle est arrivée, pour nous aider à passer à autre chose. Veni, vidi, vici.

Je suis allée rejoindre Louis sur le parking, tel un zombie. Une voiture se gara près de nous. Une femme en sortit et vint directement dans notre direction.

— Zélia, peut-être ? Je vous reconnais d'après la photo sur votre blog. Bonjour, je suis Claudine, la mère de Julien. Si cela ne vous embête pas, je vais aller le voir avant vous, car les visites le fatiguent et je voudrais profiter du meilleur de mon fils. Vous ne m'en voulez pas ? Mais on peut monter ensemble, si vous voulez ?

— Bonjour Claudine. C'est bien moi, oui. Bien sûr, allez-y, je comprends tout à fait, j'aurais sûrement fait la même chose à votre place. Je vais attendre ici, vous avez raison, je n'aime pas trop les hôpitaux, je monterai un peu plus tard.

— Si vous voulez, il y a une cafétéria au rez-de-chaussée. Vous pouvez patienter avec votre ami devant un café, je viendrai vous chercher dans un moment.

— Bonne idée, merci.

— Vous êtes adorable. Je comprends pourquoi mon fils vous apprécie tant, vous êtes la grand-mère qu'il n'a jamais connue ! Je suis certaine qu'ensemble, nous allons réussir à lui remonter le moral ! À tout à l'heure, Zélia !

— À bientôt Claudine…

Claudine s'éloigna en direction de l'entrée de l'hôpital. En direction de la chambre sept.

— Euh… Tu m'expliques là ? demanda Louis.

— Merci de n'avoir rien dit, Louis. Rentrons, s'il te plaît. Je vais … essayer de t'expliquer…

J'éclatais en sanglots, la poitrine serrée par une souffrance émotionnelle indescriptible. Louis démarra et m'emmena chez lui.

Cas n°5 : La mort par euthanasie.

Julien aurait souhaité partir de cette façon. Malheureusement, la pratique de l'euthanasie n'est pas encore légalisée.)

L'euthanasie de compassion par un tiers n'est envisageable qu'en cas d'un état général irrécupérable, que ce soit par grave maladie ou accident. Il existe donc un facteur « chance » pour espérer partir de cette façon.

Avantage : soulagement immédiat, en compagnie des êtres que l'on choisit. Choix personnel.

Inconvénients : difficultés morales et matérielles à convaincre quelqu'un de la pratiquer ou à attendre que des types en costard votent une loi. Et bien sûr, attendre la maladie ou l'accident…

Un réseau relationnel solide est primordial pour préparer un tel projet si l'occasion se présente. Je commence à en avoir un, mais il n'est pas de toute première jeunesse.

Je suis restée chez Louis jusqu'hier, dimanche. J'étais très affectée, et malgré un cœur solide, je sentais que je lui avais fait subir plus qu'il n'était capable de supporter.

Louis m'a installée dans sa chambre d'ami, en compagnie d'huiles essentielles relaxantes, de tisanes à la passiflore et à la camomille. De temps en temps, il venait s'installer près de moi et nous regardions un film sur le câble ou il me faisait la lecture. Il me concoctait des petits plats à base de légumes frais du marché. Il m'a laissé pleurer sans me demander les raisons. Et lorsque j'allais un peu mieux, je lui ai tout expliqué. Il prépara donc une double dose de tisanes, alluma la télévision et choisit en vidéo à la demande « Le Père Noël est une ordure », le film préféré de Julien. Nous avons pleuré et ri ensemble comme jamais.

Aujourd'hui, lundi 19 janvier, de retour aux Bleuets, je m'apprête à assister à l'enterrement de Julien. Depuis chez Louis, j'avais prévenu par e-mail mes amis des Bleuets dès que j'eus pris connaissance officiellement de son décès par Claudine, le vendredi matin.

« Zélia,

J'ai l'immense tristesse de vous annoncer le décès de mon fils, Julien. Cela s'est passé hier, jeudi. Juste après vous avoir salué sur le parking, je suis allée dans sa chambre. Je l'ai trouvé sans vie, apaisé. Apparemment, il aurait lui-même mis fin à ses jours en s'injectant une surdose de morphine. Personne ne sait comment il a pu accéder aux doses, ni comment il a fait pour contrer les sécurités mises en place dans le service. Le personnel de l'hôpital ainsi que son directeur sont aux petits soins pour moi. Ils ont même décidé de prendre en charge tous les frais de son enterrement, qui aura lieu lundi 19

*janvier à 14 h 30, au cimetière de Bazincourt. Pas
d'église, Julien ne l'aurait pas souhaité. Je suis désolée
que vous n'ayez finalement pas pu le revoir de son
vivant, mais j'imagine le choc à votre âge, si c'était vous
qui l'aviez trouvé sans vie, à ma place. J'espère que vous
viendrez lundi. Il aurait aimé que vous l'accompagniez
dans ses derniers instants, j'en suis certaine.*

*Claudine. PS : Merci d'avoir partagé quelques instants
de votre vie avec la sienne. »*

Lundi, 26 janvier 2015

Une nouvelle fois, nous avons pris le bus. Cependant, rien n'allait. Dominique n'est pas venue. Pas d'adolescent à l'arrêt. Yann n'était pas le chauffeur. Nous avons payé plein tarif. Pas de selfie. Le film était beaucoup moins sexy, sans polémique ; le ciel était gris, les tombes étaient grises, tout le monde était d'accord sur ces points. Pas d'entracte surprise, pas besoin d'inscription à une carte de fidélité pour la prochaine séance au cimetière, celle-ci étant offerte d'office à la naissance. Même monsieur le directeur était au courant de notre sortie. Décidément, rien n'allait.

Que dire sur cette non-escapade entre amis ? Que c'était triste, difficile, injuste, intolérable, inacceptable, douloureux, dramatique, terrible, insupportable, atroce ? À quoi bon faire un récit funeste… L'évidence parle d'elle-même. Que celui d'entre vous qui n'a pas déjà assisté à ce type de cérémonie me jette le premier chrysanthème.

J'étais la seule à réussir à distinguer toutes ces émotions : assister à l'enterrement de sa propre victime y est sûrement pour quelque chose… cela procure un certain détachement. J'avais l'impression d'avoir mis un long tee-shirt noir sur lequel était inscrit en grosses lettres blanches : « **Voici la coupable !** ». Tous mes amis ont pleuré avec la famille, sauf moi. Et Remy. Je l'ai reconnu tout de suite. C'était bien évidemment le jeune homme que j'avais croisé avant d'entrer dans la chambre de Julien. Tout se mettait en place dans ma tête maintenant. Remy avait attendu 12 h 59 avant de quitter Julien et de lui laisser de quoi faire ma part. Lui aussi m'a reconnue, je pense. Il me fixait, l'air absent, cherchant comme un réconfort qu'il savait impossible. Nous nous sommes regardés ainsi longtemps, essayant par la pensée de partager notre douleur. Les mots parfois ne servent à rien.

ooo

1956

Paulin n'est plus. Edgard, fou de rage, me ramena de force à l'auberge après l'avoir lâchement assassiné à bout portant. Tout ce qu'il me restait de Paulin s'éparpillait en éclaboussures rouges sur ma robe et mon visage.

Edgard a tiré sans hésiter ; s'il avait mal visé, c'était moi qui prenais cette balle. Je fus incapable de prononcer un mot quand Edgard me harcela de questions et de reproches. J'étais tétanisée. Il m'enferma à clé dans une chambre. Le couteau non rangé du dernier repas pris dans cette chambre me permit de me sectionner les veines du poignet. Vouloir mettre un terme à mon existence fut ma plus grande erreur. Les gendarmes sont venus pour le crime d'Edgard. J'entendais leurs voix pendant que mon sang tentait de noyer les draps en coton. Le serveur du dom Pérignon avait finalement averti Edgard au petit matin. Il avait aidé Paulin à me porter jusque chez lui lorsque je m'étais évanouie, c'est sûrement à cet instant qu'il m'avait reconnue.

Voulant m'avertir qu'ils allaient emmener Edgard au poste pour l'interroger, les gendarmes ont exigé qu'il ouvre la porte de ma chambre. Je fus donc ainsi sauvée, déclarée en dépression profonde, inapte à vivre seule, mise sous la tutelle de mon mari. Accusée d'adultère, Edgard n'eut pas de mal à me faire passer pour une traînée. Les affaires de l'auberge étant chancelantes, il réussit à se plaindre suffisamment pour n'écoper que d'une mise à l'épreuve avec l'assurance de remettre sa femme sur le droit chemin. Paulin étant un inconnu de passage dans la région, personne ne porta plainte.

Afin d'exécuter la promesse de me « remettre dans le droit chemin », Edgard se mit en tête de me faire un enfant. Ainsi, plus aucun homme ne me regarderait et j'aurais de quoi m'occuper avec un « chiard ». Tels étaient ses mots. La mauvaise graine étant prolifique, sa décision fut exaucée.

ooo

Le décès de Julien avait fait chuter considérablement le moral des troupes. Les commissures des lèvres confirmaient avec tristesse la véracité de la découverte d'Isaac Newton concernant la gravitation : tout nous ramène à la Terre.

Les séniors peuvent supporter de vieillir, mourir, dépérir, manger de la purée à la cuillère, d'arriver un peu tard aux toilettes, confondre l'heure du goûter avec celle du souper, les pets intempestifs de leurs congénères… mais qu'un proche vive presque cinq fois moins longtemps qu'eux leur est insupportable. Beaucoup auraient volontiers cédé leur place au jeune Julien. Mais voilà, la vie n'est pas un jeu de dames. Amélie, des Jacinthes, nous a conviés à partager quelques crêpes pour la Chandeleur ce dimanche mais personne n'avait le cœur à festoyer. Nous avions besoin d'une période de deuil pour encaisser. Puis, en observant plus attentivement les faits et gestes des résidents, je me suis aperçue que beaucoup ressentaient le besoin de prier en silence, signes de croix pour preuve. N'étant pas croyante, ce détail m'avait complètement échappé. Julien n'avait pas voulu de messe. Mes amis croyants ne l'avaient pas bien vécu mais ne le disaient pas.

Mercredi, je suis donc allée voir le prêtre de la paroisse pour lui expliquer la situation. Ce fut une sorte de défi pour moi, car nous ne sommes pas très proches, le monde de l'église et moi. Disons que… moins j'en entends parler, mieux je me porte.

Le prêtre, Simon, fut très touché par la situation et proposa immédiatement de célébrer la messe de dimanche en l'honneur de Julien, invitant mes amis à y participer.

— Le souci, monsieur, c'est que la plupart des résidents ne pourront pas se déplacer, soit parce qu'ils ont des difficultés à marcher, soit parce qu'ils sont contrariés par le fait que Julien n'était pas croyant et qu'il n'a pas souhaité de cérémonie religieuse pour son enterrement. Vous comprenez ? Seulement quelques-uns se déplaceront à l'église dimanche, les autres resteront cloîtrés dans leurs rancœurs.

— Je vous comprends, mon enfant, mais…

— Je m'appelle Zélia.

— Euh… oui, je vous comprends, Zélia, mais c'était le choix du jeune Julien, je le respecte. Vos amis peuvent faire de même en s'aidant de la prière. Avec le temps, Dieu les aidera.

— Justement, du temps, ils n'en ont plus tant que cela ! Ils sont en train de se laisser ronger par le chagrin et vous me dites que s'ils ne peuvent pas aller à Dieu, Dieu ira à eux ?

— Oui mon enf… Zélia, car Dieu est Esprit, Dieu est miséricor…

— Ah ça suffit ! Dieu est ceci, Dieu est cela, mais ce que je vois, c'est qu'une fois de plus, quand on a besoin de lui, Dieu n'est pas là !

— Calmez-vous, mon … Zélia, je vous en prie. Ne blasphémez pas ! C'est avec plaisir que je vous propose d'organiser une messe pour vos amis, mais s'ils ne viennent pas, qu'y puis-je ?

— Eh bien, mettez donc votre Dieu dans votre sac à dos et venez partager un café et des petits gâteaux avec mes amis ; nous avons une pièce qui sert de petite chapelle, vous aurez bien quelques boutades à y déverser pour leur remonter le moral ? Il y a des posters et des bibelots, ça devrait vous plaire…

— Plutôt directe et inhabituelle comme invitation, jamais un fidèle ne m'a demandé d'aller conter boutades dans une chapelle… dit le prêtre, perplexe.

— Sûrement parce que je ne suis pas une fidèle, justement. Je dois faire partie de ce que vous appelez les brebis égarées… Monsieur, je parlais d'une petite messe personnalisée, extrapolez donc un peu…

— Ah oui, vous souhaiteriez que je vienne faire une messe directement aux Bleuets ?

— On y est… C'est dans vos cordes ?

— Nous n'avons pas d'instruments à l'église, désolé.

— Mon Dieu…

— Ne jurez pas, mon enfant, s'il vous plaît !

— Vous non plus… Vous êtes partant pour une telle aventure, monsieur ?

— Je pense effectivement que notre Seigneur y verrait là un acte de bonté pur. Je suis d'accord. Quand servez-vous le café et les petits gâteaux ?

— Uniquement le dernier vendredi de chaque mois.

— Incroyable ! Cela tombe bien, c'est justement après-demain !

— Oui, c'est dingue… Alléluia ! Votre Seigneur fait bien les choses, on dirait…

— Ah, vous voyez, vous y venez aussi ! Je sens que je vais bientôt vous compter parmi mes fidèles brebis.

— Que votre Dieu vous en préserve…

— Dieu est amour et aime les défis, surtout lorsqu'il s'agit de ramener à lui des âmes perdues. En parlant d'âmes perdues, je suis attendu au confessionnal. Je vous laisse, Zélia, à bientôt ! Dieu vous garde !

— Oui aussi, gardez votre Dieu ! À bientôt, Monsieur.

Pas très perspicace, ce prêtre. Les résidents n'y verront que du feu, parole de prêtre est parole de Dieu. Alléluia ! Sur le chemin du retour, je me suis aperçue que j'avais oublié de lui préciser l'horaire pour vendredi. J'avais décidé de ménager un peu monsieur le directeur en l'informant des activités qui pourraient bouleverser les habitudes du planning. J'opérai donc un demi-tour, direction l'église. Simon m'avait dit qu'il allait au confessionnal. Je situais rapidement le manège en question : il y avait la queue, (comme à confesse, aurait plaisanté Isabelle). Une dame âgée, les yeux rougis et le mouchoir au nez, sortit rapidement de l'église. Elle venait sûrement de quitter le box avec ses pénitences pour la semaine. De la file d'attente, personne ne se rua dans le box libre. Je ne connaissais pas les règles du confessionnal. Le prêtre faisait peut-être son compte rendu à Dieu entre deux pêcheurs. Je n'allais pas attendre que ces quatre personnes déblatèrent leurs vicissitudes alors que je n'avais qu'une précision d'horaire à communiquer au prêtre.

— Excusez-moi, je me permets… Je n'en ai que pour quelques instants… Ce n'est pas pour raconter mes péchés… C'est juste pour… dis-je tout en avançant vers le box.

— Mais bien sûr, ne vous gênez surtout pas ! Vos péchés doivent être tellement gros que vous ne pouvez pas attendre comme tout le monde !

— Dieu vous le rendra ! dis-je en refermant la porte de l'isoloir derrière moi.

Comment peut-on s'enfermer dans un espace aussi réduit afin d'y dévoiler les plus sombres secrets de son existence ? De surcroît avec quelqu'un dont vous ne voyez même pas le visage ? Évidemment, c'est meilleur marché qu'un psy, et vous ressortez blanc comme neige à tous les coups !

— Je suis revenue pour… commençai-je tout bas.

— Ah, vous voilà revenu, mon père. J'ai failli partir, car je ressens une telle honte de ce que je m'apprêtais à vous dire au moment où vous vous êtes absenté…

— Non, mais je…

— Oui, je sais, je peux tout vous dire, mon père, mais je n'ai pas écouté vos conseils de la semaine dernière. Enfin, si, je les ai écoutés, mais je n'ai pas pu me retenir de recommencer (*je connaissais cette voix…*). C'est plus fort que moi, c'est comme une pulsion, je résiste, je résiste et puis je pète un plomb, mon père…

— Arrêtez de…

— Oui, je ne dois pas m'emballer et réciter un « Notre Père » les yeux fermés lorsque je sens la fièvre monter, mais je n'arrive pas à me concentrer, mon Père, les mots se perdent, s'emmêlent. L'autre fois, au lieu de dire « Notre Père qui est aux cieux », j'ai dit « Notre Père qui est pieu », j'ai lutté, j'ai lutté… puis, au moment du « Donne-nous aujourd'hui notre pain de ce jour », j'ai dit « Donne-nous notre sein du jour » et je ne vous précise pas les images que j'ai en tête en prononçant ces mots !

— Taisez-vous, je…

— Non, mon père, si je ne déballe pas tout maintenant, je n'y arriverai plus… (*Cette voix… cette voix … mais… c'est celle de …*) … Après m'être tapé tout le personnel féminin consentant et bien mon père… je me suis tapé… Norbert… le nouveau…

— Mon Dieu !

— Oui, mon père, vous en blasphémez… Je suis perdu… Je ne sais plus à quel sein me vouer… Euh… Je veux dire, je ne sais plus à quel SAINT me vouer…

À cet instant, la porte de mon isoloir s'ouvrit sur le père Simon.

— Qu'est-ce que vous faites là, mon enfant ? (*Merci mon Dieu !*) Vous vous êtes déjà convertie ?

— Excusez-moi mon père, dis-je en chuchotant. Je voulais juste vous préciser l'heure pour vendredi, 14 h 30… Bon courage pour … la suite !

J'ai tout à coup eu un immense besoin d'air frais. Vieux souvenir de mes bouffées de chaleur de femme ménopausée. Le banc sous l'érable près de l'église me permit de ré oxygéner mon esprit. Waouh ! Moi qui croyais que l'église était un mouroir pour dépressifs coincés… je venais de faire exploser mon quota d'adrénaline de l'année. Quel pied ! Je fus prise d'un fou rire comme jamais. Quelques badauds s'approchèrent pour me demander si tout allait bien, croyant que je pleurais. Après avoir tenté de décompresser en riant aux éclats, je repris le chemin du baisodrome des Bleuets.

Une fois arrivée, je riais encore. En fait, je pouffais, par vagues. Fabienne s'en inquiéta.

— Zélia, vous allez bien ? Asseyez-vous donc un peu là…

— Oh oui oui…

J'éclatais de rire à nouveau.

— Vous êtes certaine ? Vous voulez que j'appelle un médecin ? Ou que je prévienne monsieur le directeur ?

— Pfft, oh non, pitié ! Pas lui, pas maintenant ! AAAHHH

Des larmes coulaient le long de mes joues. Je me suis levée pour m'isoler dans ma chambre, mais je faillis tomber.

— Norbert ! Viens m'aider à emmener Zélia chambre 18, s'il te plaît !

— Oui, oui ! J'arrive, Fafa !

— AAhhhAAHH, non pas lui non plus, pas maintenant par pitié…

— Mais qu'est-ce qu'elle a ? demanda Fabienne à Dominique qui était près de moi.

— Je ne sais pas, elle était partie se promener et elle est revenue morte de rire.

— Vous avez bu, Zélia ?

— Non, amenez-moi à ma chambre, je vais aller me reposer, j'en ai besoin.

— Il me semble que oui, en effet. Sûrement un contrecoup à la suite du décès de votre jeune ami, ma pauvre.

Cas n° 6 : Mort… de rire ?

En voilà une belle mort, enfin j'imagine ! Partir avec un orgasme euphorique. Pendant que d'autres se tordent de douleur, vous quittez ce monde en vous poilant… beau pied-de-nez à la vie !

Avantages : pas de douleur, l'excès de dopamine vous donne soudain bonne mine, prêt à aller raconter la bonne blague devant Saint Pierre.

Inconvénients : si vous n'êtes pas seul lorsque cela vous arrive, ça laisse un froid. Ne pas louper l'instant recherché, ou le provoquer… Pas simple, car le fou rire est rarement prémédité.

En tout cas, j'ai bien failli y passer sur ce banc. Je n'aurais jamais pensé que monsieur le directeur puisse me faire rire autant !

Une fois bien installée dans mon fauteuil, je mis une chaîne d'informations pour me calmer : rien de tel que quelques mauvaises nouvelles pour redescendre sur Terre.

Le lendemain matin, jeudi, j'ai pris mon courage à deux mains.

— Bonjour Monsieur le directeur, je peux venir vous déranger quelques minutes ?

— Bonjour Zélia ! Bien sûr, entrez donc, je vous en prie. Que puis-je pour vous ?

— Je voulais vous informer que, à la suite du décès de Julien, beaucoup de résidents sont encore très affectés. Je pense que ce serait une bonne idée de faire venir un prêtre pour célébrer une messe en la mémoire de Julien, dans la petite chapelle des Bleuets. Ainsi, un maximum de résidents pourrait y participer.

— Ma foi, c'est une excellente idée, Zélia. Un peu de spiritualité dans nos murs ne peut pas faire de mal. Je vais m'en occuper, je connais bien le père Simon…

— Ce n'est pas la peine, je suis déjà allée le voir, il est d'accord pour venir demain à 14 h 30.

— Ah, j'oubliais que vous êtes toujours au top de l'organisation. Très bien, nous accueillerons le père Simon comme il se doit.

— Parfait ! Je ne vous dérange pas plus longtemps.

— Ah au fait, il est vraiment parfait ce bureau, c'est un très beau cadeau. Il est d'une solidité à toute épreuve, celui-ci ! a-t-il ajouté avec un clin d'œil.

J'ai fait semblant d'éternuer pour cacher mon fou rire qui refaisait surface et suis sortie du bureau en vitesse.

Vendredi, le père Simon était pile à l'heure pour le café. Les résidents étaient ravis. Ils s'étaient mis sur leur 31, comme s'ils retournaient une seconde fois à l'enterrement de Julien. Martine et Isabelle avaient parsemé la chapelle de bougies, d'encens et une photo de Julien trônait sur le meuble transformé en autel. Je me suis installée dans le fond de la salle pleine à craquer, laissant la place devant pour ceux qui n'avaient pas encore versé toutes leurs larmes spirituelles. Le père Simon fit un discours sobre, mais très apprécié par son public. Des chants religieux emplirent la chapelle, des prières en mémoire du jeune disparu furent récitées. Dieu fut glorifié (cette partie me laisse toujours perplexe : Julien est parti beaucoup trop tôt, tout le monde s'en accorde, mais… Gloire à Dieu, qui est amour, miséricordieux, Amen).

Lundi 2 février 2015

J'ai une nouvelle voisine de couloir. Elle s'appelle Emeline. Plutôt joli et raffiné comme prénom, Emeline.

— Bonjour Emeline, Je te souhaite la bienvenue, je m'appelle Zélia. Si tu as besoin de quelque chose, je serais ravie de t'…

— Casse-toi. Tu m'emmerdes !

— P… Pareillement ! Bonne journée !

— VA CHIER !!

Voilà, je vous ai présenté Emeline.

Finalement, hier, nous sommes allés aux Jacinthes manger quelques crêpes sur l'invitation d'Amélie. L'équipe des petits Bleuets et quelques vaillants séniors. J'avais installé la webcam sur l'ordinateur des Bleuets pour ceux qui ne voulaient ou ne pouvaient pas se déplacer. Félix avait cuisiné des crêpes pour eux et nous avons passé un agréable moment en visio, Jacinthes VS Bleuets. Amélie et ses amis ont hâte que nous organisions une autre manifestation.

— Nous n'allons tout de même pas attendre Noël prochain ! Nous sommes chauds là et d'ici onze mois, il risque d'y avoir des absents… Si vous voyez ce que je veux dire, dit Edouard, un résident des Jacinthes.

— C'est vrai, a confirmé Amélie. Nous ne sommes pas éternels. Si j'avais réagi plus tôt, nous aurions pu vendre des crêpes pour la Chandeleur !

— Noël, la Chandeleur … Pâques, pendant que tu y es… On ne va pas se taper toutes les fêtes religieuses ! a plaisanté Blaise.

— Oui, c'est glauque… Quelqu'un aurait une idée ?

— Si on avait été plus jeunes, on aurait organisé un marathon, a proposé Edouard.

— Si ma tante en avait, on l'appellerait mon oncle ! C'est bien connu… Arrête de rêver, c'est terminé pour nous les cabrioles, a dit Étienne.

— Réfléchissons, ai-je dit. Posons-nous les bonnes questions : au lieu de se demander ce que nous pourrions faire, demandons-nous ce que les gens aiment. Ils aiment les fêtes, se divertir, chanter, danser…

— Un karaoké ? a proposé Édouard.

— Yo mon frère, zy va, balance tes rimes et arrête ta frime… La musette et Charles Aznavour, c'est fini, mon vieux, on va rien maîtriser, ça va partir en céleri-rave-party… dit Félix. Pareil pour un thé dansant, il n'y aurait que des vieux qui y viendraient… Trop déprimant le tagada tsoing tsoing ouille mes reins.

— Tu as du progrès à faire sur tes rimes ! a conseillé Étienne.

— Charles Aznavour, fini ? s'est exclamé Edouard. Attends donc un peu qu'une star de la pop reprenne « J'me voyais déjà » et tu verras si c'est fini ! Ce n'est pas parce que c'est vieux que c'est nul !

— Vas dire ça aux jeunes… a dit Félix.

— Tout le monde aime rire ! a dit Amélie. Faisons rire les gens !

— Bonne idée, mais comment ? demandais-je.

— Une pièce de théâtre ? a proposé Édouard.

— Une pièce de théâtre ? Une pièce de théâtre… a répété Jacques songeur.

— Il faut du texte, des répliques, des acteurs, une scène… a dit Blaise.

— C'est une super idée ! s'est exclamé Jacques. À 88 ans, Michel Galabru était encore sur scène ! Pourquoi pas nous ? NOUS serons les acteurs, le texte les répliques : vous ne trouvez pas qu'autour de nous il y a matière à être inspiré ? Si chacun note les anecdotes journalières dans les différentes MDR, je suis certain qu'il y a de quoi en écrire un livre ! Pour la scène, il me semble que monsieur le maire a plus qu'apprécié notre petite sauterie à Noël, non ? Ce sera le moment pour lui de nous le prouver !

— Je m'occupe du casting des nanas ! a lancé Étienne en se frottant les mains, l'œil vicieux.

Voilà, un nouveau projet en route. Nous nous sommes réparti les tâches. Amélie contactera les A.S.S. des autres MDR pour communiquer le projet. Je m'occupe de la publicité et de la réservation d'une salle. Étienne fera les castings sous l'œil bienveillant de Martine, et tout le monde participe à l'élaboration d'un texte qui tient la route avec Jacques en chef de projet.

Louis n'était pas avec nous, il avait de nouveau dû s'absenter quelques jours. Cela commence à m'inquiéter, j'espère que ce n'est rien de grave.

Lorsque je suis rentrée au Bleuets, Fabienne m'accueillit avec un sourire radieux.

— Petite cachotière ! Vous m'aviez caché que vous aviez un fils ! Il est passé cet après-midi, mais n'a pas pu vous attendre, il avait un avion à prendre et était très pressé.

ooo

1957/1958

Il est né le 12 juillet 1957. Je ne voulais pas de cet enfant, mais une fois qu'il avait été mis de force dans mon ventre, il a bien fallu qu'il ressorte. Lorsque ce moment fut arrivé, Edgard est allé solliciter Ginette, la femme d'un de ses copains de beuveries, qui avait accouché seule six fois. J'ai profité des douleurs que sa venue au monde me provoquait pour hurler toute la souffrance que j'avais accumulée depuis ma naissance. Je ne savais plus ce qui me faisait le plus mal : le bas de mon ventre qui se déchirait par son empressement à naître ou le désespoir et l'impuissance qui s'étaient emparés de moi depuis tant d'années. La délivrance de ce petit être chaud et gluant était pour moi comme un énième châtiment... Le premier cri qu'il fit rendit les miens dérisoires aux yeux de son père. Ginette coupa le cordon ombilical, enveloppa le bébé dans un linge et le mit dans les bras d'Edgard. Ensuite, elle entreprit de finir le travail en extirpant de mon ventre le placenta. Puis elle me donna les conseils de base pour nourrir mon enfant avant de disparaître. Edgard déposa son fils sur ma poitrine et s'enquit des clients qui s'impatientaient au comptoir. Je n'existais déjà pas beaucoup, je devins fantôme au service de ces messieurs qu'étaient dorénavant ma famille : Edgard et Olivier.

Olivier pleurait souvent, hurlait constamment. Ce fut là ma porte de sortie de derrière le comptoir. Dès qu'on l'entendait, je quittais mon service pour aller auprès de lui. Les clients voyaient en moi une bonne mère, aux petits soins pour son fils. Une fois que je me retrouvais seule avec Olivier, je le laissais volontairement crier, mettais du coton dans mes oreilles afin de supporter le plus longtemps possible de rester dans la même pièce que lui. Bien sûr, je le nourrissais, le changeais. Je ne voulais pas qu'Edgard me reproche quoi que ce soit. Mais je ne le prenais jamais dans mes bras, je ne lui donnais pas l'amour dont un bébé a besoin. Je ne lui parlais que lorsqu'Edgard était avec nous. De fait, il apprit à me détester. Il ne se calmait vraiment qu'en la présence de son père. Lorsque nos yeux se croisaient, son regard bleu-gris se durcissait, les coins de sa bouche se plissaient vers le bas, tremblotaient et les cris aigus démarraient. Je rejetais cet enfant, c'était viscéral. J'étais en train d'en faire un monstre. Parfois, je m'en voulais, car cet enfant n'y était pour rien, il n'avait pas demandé à naître, mais c'était au-dessus de mes forces. J'étais devenue mère contre ma volonté, je ne parvenais pas à l'aimer.

Aux cinq mois d'Olivier, je décidai de me faire interner, afin de ne pas porter atteinte à sa vie. Un jour où Edgard était sorti le promener quelques instants, je fis ma valise pour me rendre à l'hôpital et laissai un mot explicite sur le comptoir : « Je suis épuisée, je pars me faire soigner, c'est mieux ainsi pour tout le monde. » *En arrivant à l'hôpital, j'ai expliqué que j'avais failli mettre fin à mes jours à plusieurs reprises et que je craignais pour le bien-être de mon enfant. On me diagnostiqua une profonde dépression et je restai six mois sous traitement sédatif intensif. Edgard me rendit visite une fois par* mois, sans Olivier. *Il avait engagé une nourrice ; le but de ses visites mensuelles était simplement de vérifier si j'étais en état de rentrer à l'Auberge afin de pouvoir la congédier, car mes « sautes d'humeurs » lui coûtaient cher.*

Pour le premier anniversaire d'Olivier, Edgard m'amena mon fils. Je le vis arriver de loin, tout doucement, car il faisait ses premiers pas. Ils s'approchèrent de moi, Olivier regardait par terre.

« Olivier, dis bonjour à ta maman », lui dit gentiment Edgard.

Olivier leva la tête et planta ses yeux dans les miens. Le monde s'écroula alors autour de moi.

ooo

Il avait donc réussi à me retrouver. À force de faire la fanfaronne, aux actualités régionales, à la radio et sur le net, j'aurais dû m'y attendre. Il était pressé et était reparti, mais il allait revenir. Je dois m'y préparer.

Monsieur le directeur m'a demandé d'essayer de faire au mieux pour qu'Emeline, notre nouvelle résidente, se sente bien aux Bleuets.

— Vous exercez une certaine influence. Zélia. J'avoue que, depuis que vous êtes arrivée aux Bleuets, le moral des troupes se porte bien mieux. Même les infirmières me disent qu'elles distribuent moins de sédatifs depuis quelques mois. Emeline a perdu ses repères et a besoin d'un peu de temps pour adopter son nouveau chez-elle. Les autres ne feront pas beaucoup d'efforts pour l'accepter, mais je sais que vous, vous avez l'empathie nécessaire pour réussir à l'apaiser.

— C'est possible… Mais je ne suis pas certaine d'en avoir envie ! J'ai tenté le dialogue et j'ai autant envie de recommencer que d'aller à messe !

— Vous devriez y réfléchir, car le père Simon est très à l'écoute. Vous savez, j'ai eu maintes fois l'occasion de dialoguer avec lui et…

— … oui je sais… Juste, ce n'est pas mon truc. Quant à Emeline, sa bouche ne sait que déverser des flots d'insanités sans fin. Elle est atteinte du syndrome de Gilles de la Tourette ?

— Non, elle a bien toute sa tête. Elle vivait jusqu'ici chez sa fille, mais celle-ci a obtenu une promotion importante et est partie en Islande pour une année ; elle travaille dans le domaine de la biotechnologie. Ne voulant pas laisser sa mère de 79 ans seule, elle l'a placée ici car elle a eu de bons échos sur notre établissement.

— Je ne peux pas faire de miracle : si elle ne souhaite pas avoir un minimum de contact et de respect, je ne peux pas l'y contraindre.

— Laissez-lui un peu de temps, je suis certain que vous finirez par trouver son point fort.

En général, ce sont plutôt les points faibles que j'ai plaisir à dénicher, ce que je me suis bien gardée de répliquer.

À lundi.

Lundi 9 février 2015

L'hiver était bien présent en ce début de semaine. Les trottoirs étaient blancs, scintillant sous les reflets des lumières artificielles matinales. Par la baie vitrée de la salle du petit déjeuner, nous nous demandions si le verglas s'était installé ou si c'était simplement une illusion d'optique. Ce fut Isabelle qui nous apporta la réponse, en se foulant la cheville malgré ses belles charentaises : elle était sortie pour vérifier si le dicton du 3 février « À la Sainte Blaise, l'hiver s'apaise » s'avérait justifié. Apparemment, non. Blaise a cru bon d'ajouter un dicton à l'inventaire d'Isabelle : « Quand on marche sur le verglas, patatras ! »

— Je pensais que tu sortais pour aller me chercher des croissants ! lui a dit Blaise.

— Et pourquoi donc aurais-je eu une envie aussi saugrenue ? a répondu Isabelle, immobilisée sur son lit après la visite du médecin.

— Pour ma fête pardi !

— Non, en fait, j'étais sortie dans l'espoir d'avoir assez de neige pour te balancer une boule sur ton gros pif !

— C'est charmant ! Surtout, si tu as besoin de quelque chose…

— Ouais… Je n'aurais jamais dû dépareiller mon duo de choc. Plaid/charentaises… Ça m'a porté la poisse !

— C'est un peu tard pour les vendre vu leur état…

— C'est dommage, cela m'aurait bien plu de rédiger une annonce commençant par : « *Charentaises à vendre* ». T'as raison. Mets-les à la poubelle.

— T'es sûre ?

— On n'est jamais sûr de rien.

— T'as raison. Je vais les jeter avant que tu ne changes d'avis. Tu ne veux pas des Crocs molletonnés à la place ? Tu chausses du combien quand tu n'es pas en charentaises ?

Mardi, Louis est venu me chercher en voiture, nous sommes allés passer la journée à Honfleur. L'air vivifiant du bord de mer me changea les idées.

— Bonne idée, Louis, Honfleur. Merci, ça me fait un bien fou ! C'est tellement joli, même en hiver.

— Je pensais que tu allais refuser.

— J'aurais pu, en effet ; mais parfois, c'est bon de ne pas réfléchir et de se laisser aller. C'est ce que j'ai fait aujourd'hui. Et puis, quelque chose me dit que tu en avais besoin, toi aussi… ?

Son regard se durcit en fixant l'horizon.

— C'est dans cette ville que j'ai tué toute ma famille.
Mon épouse et mes trois filles. Je devais les récupérer en
ville. Je suis arrivé quelques minutes en retard. Je suivais
un camion qui zigzaguait. Je me souviens l'avoir laissé
passer devant moi alors qu'il n'avait pas la priorité. Le
chauffard ivre est allé s'encastrer dans l'abri de bus où
elles m'attendaient. Mes filles avaient 12, 9 et 5 ans.
Elles sont mortes sur le coup. Mon épouse est décédée
une heure plus tard à l'hôpital. Nous avons pu échanger
quelques mots, juste avant qu'elle ne parte les rejoindre.
Elle m'a demandé comment allaient nos filles. Je lui ai
dit qu'elles étaient blessées mais qu'elles s'en sortiraient.
Elle a alors fermé les yeux pour ne plus jamais les
rouvrir. Je suis resté seul dans cette chambre, avec ma
culpabilité et mes mensonges. De temps en temps, j'ai
besoin de revenir ici. Pour me souvenir d'elles. J'imagine
mes filles courir sur cette plage avec le cerf-volant. Il n'y
a qu'ici que j'arrive à me souvenir de leurs visages,
cheveux au vent. Comme une aquarelle accrochée à un
mur. Ça fait tellement longtemps maintenant. Ma vie
s'est arrêtée ici, à Honfleur. J'y reviens comme pour me
persuader que cela ne pouvait se passer autrement.
Pourtant, à chaque fois, je me dis que si je ne l'avais pas
laissé passer ce putain de camion, cet accident ne serait
jamais arrivé. Il aurait dévié sa trajectoire ou aurait bien
été obligé de ralentir.

— Et c'est peut-être toi qui serais mort ce jour-là…
tentai-je, tout en devinant aisément ses pensées.

— Si seulement…

Louis et moi n'avions pas toujours fait les bons choix dans notre vie, et nous en avions payé le prix. J'ai posé ma main sur la sienne. Nos rides respectives témoignaient d'une histoire tellement différente, pourtant elles avaient les mêmes sillons creusés par le temps.

Cas n° 7 : La mort par accident

Accidents de voitures, d'avion, de train, de moto, de vélo, en tant que piétons, etc. Je rappelle ici que je parle du choix de ma future mort. Je suis très attristée par l'histoire de Louis.

Avantage : peut être très efficace, surtout en avion.

Inconvénients : impossible à prévoir. Possibilité d'entraîner avec soi autrui.

ooo

Jeudi soir, nous nous sommes assis près d'Emeline pour le repas du soir. J'avais prévenu mes acolytes de la mission que m'avait affectée monsieur le directeur.

— Bon appétit à tous ! a dit bien fort Blaise.

— Merci ! répondit-on tous en chœur.

Aucune réaction d'Emeline. Elle ne touchait pas à son assiette.

— Tu ne manges rien. Emeline, tu n'aimes pas les lasagnes ? ai-je tenté poliment.

— Est-ce que je te demande si tu aimes les lasagnes ?

— Eh bien… Je les trouve excellentes, merci !

— Apparemment pas suffisamment, car ça ne t'empêche pas d'ouvrir encore ta gueule !

— Oh quelle répartie… a dit Jacques.

— VA CHIER !

Tentative numéro 2 avortée. Puis, elle a pris son plateau et l'a renversé par terre. Les lasagnes se sont étalées sur quatre des carreaux en faïence et la sauce tomate a éclaboussé le bas de la blouse de Fabienne, qui venait d'apporter des carafes d'eau à la table d'à côté.

— Eh bien ! Que se passe-t-il ici ? a demandé Fabienne. Emeline, pourquoi faites -vous tomber votre plateau ?

— Pas moi. C'est elle, fit Emeline en me montrant du doigt.

— Zélia ?! s'étonna Fabienne.

— Elle ne doute de rien, la nouvelle ! Tout le monde l'a vu faire et elle accuse Zélia ! m'a défendu Martine.

— JE VOUS EMMERDE ! a crié Emeline en quittant la table.

Très scato, la nouvelle. Et dans les mots et dans les gestes : le lendemain matin, Martine a glissé sur une substance molle et odorante en sortant de sa chambre et s'est cassé le col du fémur. Nous l'avons entendue hurler de douleur dans le couloir. Nous sommes sortis de notre chambre en catastrophe, certains avec le pyjama pilou-pilou encore chiffonné. Jacques a voulu l'aider à se relever, mais les hurlements de Martine ont redoublé d'intensité. Il lui a mis un oreiller sous la tête pour l'aider à attendre les secours de manière plus confortable, puis, tout à coup, son visage s'est contorsionné. On aurait dit Popeye en colère, sans sa pipe. Lorsqu'il comprit de quoi sa main était recouverte, il a d'abord cru que Martine avait passé une mauvaise nuit. Puis, en voyant les traînées sur le sol et sous les chaussons de la victime, sachant désormais que ladite victime ne quittait jamais ses gaines renforcées, l'idée d'un attentat merdique intra-muros germa dans son esprit. Est-ce vraiment utile que je vous précise la composition de cette substance ou vous avez deviné ? Jacques voulait envoyer un échantillon dans un laboratoire d'analyse pour prouver qu'Emeline était coupable. Monsieur le directeur n'a pas voulu.

— Nous ne sommes pas dans la série « Les Experts aux Bleuets » Jacques, voyons.

— En attendant, Martine est à l'hôpital où elle sera immobilisée plusieurs semaines ! Qui sera sa prochaine victime ? On ne peut pas la laisser continuer ainsi ! répondit Jacques.

— Nous n'avons pas la certitude qu'elle soit responsable, ne nous emballons pas.

— Qui donc voulez-vous que ce soit ? Il y a, ou plutôt, il y avait une bonne ambiance avant que cette Emeline Vachier n'arrive. Elle nous insulte, elle est méchante et en plus, c'est une criminelle ! Demandez donc à Fabienne de vous expliquer l'épisode d'hier ! a dit Félix.

— Oui, je suis au courant. Je vais lui parler, ne vous inquiétez pas. Nous allons éclaircir cette affaire rapidement. Je comprends votre colère. S'il s'avère qu'Emeline a volontairement déposé cette … enfin … a volontairement voulu nuire à Martine, nous prendrons les dispositions nécessaires afin que cela ne se reproduise plus.

— Il faut la rendre constipée ! Comme ça, on l'entendra arriver… a proposé Étienne.

— Tu en as beaucoup des idées de merde comme ça ? a demandé Blaise.

— Plein mon slip ! a rétorqué Étienne.

— Bon, ça suffit, s'il vous plaît, un peu de retenue… a tenté monsieur le directeur.

— C'est à Emeline que vous devriez dire ça… a répondu Étienne.

La revendication matinale improvisée dans le couloir a pris fin avec l'arrivée de la présumée coupable. Elle est passée devant nous sans même nous regarder. Monsieur le directeur l'a hélée sans succès. Il nous a demandé d'aller prendre notre petit déjeuner, afin de pouvoir lui parler seul à seule. Le compte rendu fut fidèle à nos attentes : elle a nié toute implication. Nous allions devoir rester sur nos gardes 24 heures sur 24.

En ce qui me concerne, je suis en double alerte : Emeline et Olivier. L'une m'enverrait bien à l'hôpital tandis que l'autre s'occuperait de m'achever. Ça m'arrangerait assez qu'ils ne se rencontrent pas, ces deux-là !

Nous avons donc établi un plan de défense. Nous fermions nos portes à clé systématiquement lorsque nous n'étions pas dans nos chambres et laissions la porte grande ouverte quand nous y étions. Ainsi, nous surveillions ses faits et gestes. Nous étions les premiers au réfectoire et comblions les tables au maximum afin qu'elle ne s'incruste pas à nos côtés.

Affaire à suivre…

Lundi, 16 février 2015

Emeline a un ami. Norbert. Il passe son temps à la complimenter. Au début, il a aussi eu droit à de nombreux « Vachiers », mais il a réussi à trouver quelques réparties amusantes, du style « C'est déjà fait pour aujourd'hui, ma p'tite dame, merci bien ! » ou « Dans les bois ou dans les prés ? » ou encore « Avec ou sans papiers ? ». Constatant que son insulte fétiche ne faisait pas son petit effet sur ce grand Black, elle est passée au stade supérieur : « Retourne dans ta jungle ! », à laquelle il s'est empressé de répliquer un « Je peux aller chier avant ? ». Abandon de l'attaquant au profit de la défense. Toutes ces répliques ont été répertoriées par Isabelle et Jacques en prévision de la pièce de théâtre, bien évidemment. Une réunion par Visio est organisée environ deux fois par semaine pour faire le point sur les trouvailles artistiques de chacun.

Jeudi matin, la moyenne d'âge des Bleuets a dégringolé à environ 38 ans. Grâce aux vingt-cinq élèves de CE1 qui sont venus constater comment ils finiront s'ils ne préparent pas leur fin de jeunesse. L'entrée était gratuite et ils avaient amené des cacahuètes. Ce n'est pas tous les jours qu'ils ont l'occasion de visiter un parc préhistorique. Ils avaient l'air impressionnés. L'institutrice a constitué cinq groupes de cinq et ils ont fait le tour des stands gentiment. Pour donner suite aux consignes de préparation, ils avaient écrit sur papier quelques questions toutes bien corrigées par l'institutrice. En phase d'apprentissage de la lecture pour la plupart, les tentatives de reformulation allaient bon train. L'institutrice ne savait plus où donner de la tête. Mademoiselle Lise abandonna donc au bout de quinze minutes.

La question - En quelle année êtes-vous né ? S'est transformée en - En quel siècle est ton prochain anniversaire ? - Quel moyen de transport utilisiez-vous pour vos trajets quotidiens quand vous étiez enfant ? devint - T'avais une carte de bus ? - Quels supports aviez-vous à votre disposition pour écouter les informations ? Devint - La maîtresse, elle nous a dit que t'avais pas d'iPod pour la musique quand t'étais pas vieille, comment tu faisais pour télécharger alors ? etc. Chaque question nous émerveillait par sa fraîcheur. Enfin un peu de franc-parler.

C'est ce qui manque le plus lorsqu'on arrête d'être jeune. « *Vieillir est obligatoire, grandir est un choix* », que j'aime cette citation !

Une petite fille très coquette m'a dit :

— Tu aurais dû écouter un peu plus ta maman !

— À quel sujet, dis-moi ?

— Au sujet de la crème !

— Quelle crème ?

— Bah, les crèmes anti-rides ! Pourquoi t'en as jamais mis ?

— Haha… j'en ai mis, tu sais et avant j'étais aussi jolie que toi, minette !

— Mademoiselle Lise ! La dame, elle est méchante ! Je veux pas lui ressembler avant de mourir ! pleurnicha la petite fille.

L'institutrice s'est confondue en excuses auprès de moi. Je l'ai mise à l'aise rapidement avec un sourire indulgent. Maurice, un de nos résidents connu pour être un râleur invétéré et vétéran de fond de salle, avait entrepris de faire état de sa longue expérience de vie à un des groupes d'enfants, assis sagement en tailleur sur le sol face à lui. Tout y est passé. L'avant-guerre, la guerre, l'après-guerre, le service militaire, les décorations, les chants patriotiques. Les « De mon temps », « À mon époque », « Vous êtes trop jeunes », « Moi, je » pleuvaient à torrent sur les têtes à poux ébahies. À l'aube des bâillements qu'il ne pouvait deviner (pour cela, il aurait fallu qu'il s'intéresse à autre chose qu'à lui-même), il s'est levé pour mimer la marche des soldats autour d'une chaise. Après huit tours complets, son jeune public avait disparu. Ils étaient sortis jouer aux cowboys et aux indiens dans le jardin.

— Ah ces jeunes ! Quel manque de respect !

— Qu'est-ce que tu râles encore, Maurice ?! a dit Blaise. Ce n'est pas parce que tu as des choses à raconter que c'est forcément intéressant ! Regarde-toi : tu t'écoutes parler ! Tu radotes ! Je ne vois pas ce que le manque de respect vient faire dans cette histoire...

— Quoi ? Quoi ? Ils viennent pour m'écouter et ils partent jouer dehors sans merci, sans permission. Ils sont très impolis, vos enfants, mademoiselle Lise ! a râlé Maurice.

— TA TA TA ! (Ne l'écoutez pas, mademoiselle Lise.) Tu vas la fermer, oui ? Euh pardon les enfants... a continué Blaise. Déjà, ils ne sont pas venus pour t'écouter parler, mon cher Maurice. Ils sont venus pour partager des histoires, poser des questions, poser LEURS questions ! Tu ne leur donnes pas envie de t'écouter. Ou plutôt si, tiens : regarde, ils sont sortis reproduire tes exploits dans le jardin. Écris un bouquin si tu as besoin d'une thérapie gratuite, mais ne te venge pas sur ces petits ! Et si tu préfères parler, sache que dans une discussion il y a au minimum deux personnes. Tu as tendance à l'oublier.

Sur ce, il sortit, une main devant, une main derrière, rejoindre le camp des Indiens, sous l'œil amusé de mademoiselle Lise. Maurice pesta en marmonnant une tirade que lui seul comprit et regagna le couloir.

Félix n'a pas laissé indifférent le petit Adrien.

— Salut bonhomme, Comment tu t'appelles ?

— Adrien. Et toi ?

— Félix. Enchanté Adrien.

— Ah, tu t'appelles comme mon chat. D'ailleurs, c'est sa fête aujourd'hui. Bonne fête Monsieur Félix ! MIAOU !

— Merci mon grand, c'est vrai, c'est ma fête aujourd'hui. Oh, je vois que tu as amené des cacahuètes ?

— Oui, c'est ma maman qui me les a données aujourd'hui pour mon goûter. D'habitude, elle me donne des biscuits fourrés au chocolat, mais ce matin, elle m'a dit : « Tiens, prends des cacahuètes, au moins t'es sûr que les vieux ne te piqueront pas ton goûter : avec leur dentier, ça doit pas être pratique, les cacahuètes.

— Ah bon… Elle a dit ça, ta maman ? Dis-moi, tu veux que je te montre un tour de magie ? a chuchoté Félix.

— Oui, oh oui oui ! a trépigné Adrien.

D'une main, Félix prit une pleine poignée dans le paquet d'Adrien, de l'autre il ôta son dentier et goba d'une traite la poignée de cacahuètes. Une fois avalées, il remit son dentier, et fit un énorme clin d'œil à Adrien.

— WHAAAA !! Énorme !! s'est exclamé Adrien, abasourdi. Tiens, tu veux tout le paquet ?

— Non merci, j'en ai assez, je te les laisse. Surtout, ne dis rien à ta mère, hein bonhomme ? fit Félix, en espérant bien qu'il n'en serait rien.

Puis, un cri strident a résonné dans la pièce. C'était mademoiselle Lise. Une fillette se tenait devant elle et venait de lui apporter quelque chose. Elle me tournait le dos, je ne voyais pas ce qu'elle tenait dans ses mains.

— Camille ! Où as-tu eu ce... cette chose ?

— C'est une dame qui me l'a donné. Elle m'a dit de vous l'apporter « en guise de remerciement pour notre visite ». Elle l'a dit, oui, c'est bien ça, dit Camille en sautillant, toute fière d'avoir bien rapporté l'information.

— Qui ? Qui t'a donné ça ? Elle est où, cette dame ?

— Dans la chambre, dans le couloir là-derrière !

À cet instant, elle se tourna pour montrer la direction à mademoiselle Lise.

Je vis alors ce qu'elle tenait dans ses mains. Et là, je compris. C'était un pot de chambre en forme de haricot, que l'on donne aux personnes incontinentes ou alitées. Il était garni d'un bronze monumental, effilé par une pointe en forme de tirebouchon.

— MONSIEUR LE DIRECTEUR ! hurla mademoiselle Lise.

Son visage, jusqu'ici rosi par la timidité, était devenu d'un rouge écarlate colérique.

ooo

1958

Je sentis comme une vague déferlante me submerger, un rouleau compresseur remontant par le fond de mes entrailles, faisant une halte acide sur mon estomac, collapsant mes poumons, pour terminer par éclabousser mes joues de son écume. En quelques secondes, je dressai la liste de mes erreurs, de mes mauvais choix : la fuite de chez mes parents, la délation aux Allemands de mes parents et de la voisine Simone de 92 ans, l'absence de surveillance d'Aurélie dans le camp de concentration, l'auberge, Edgard..., le verre qui tombe, le Dom Pérignon... et je me rendis compte que le pire se tenait là, juste devant moi, me scrutant de ses magnifiques yeux verts.

J'aurais pu avoir une chance d'aimer et d'être aimée inconditionnellement et une fois encore, j'avais tout gâché. Le regard d'Olivier, abîmé par mon acharnement à le détester, m'accusait de toute sa profondeur.

J'ai alors fermé les yeux tout en me laissant choir à même le sol. Je ne voulais plus regarder le monde. Je voulais le quitter. Aller rejoindre Paulin, que j'avais tué par procuration. Lui demander pardon pour sa vie, celle qu'il m'avait donnée sans que je sois capable de la reconnaître.

Ce fut, une fois encore, un mauvais choix… Car lorsque je rouvris les paupières de manière consciente, je venais de faire l'impasse sur dix ans de ma vie.

ooo

Monsieur le directeur aussi est devenu tout rouge. De honte. Il n'a pas eu besoin d'écourter la visite des CE1 aux Bleuets. Mademoiselle Lise était déjà en train de rassembler ses troupes. Une fois en rang, les enfants prirent la direction de la sortie, sans même un « au revoir », tellement ils étaient surpris par l'attitude de leur institutrice d'habitude toujours joviale. Ils croisèrent Maurice en chemin qui leur lança :

— Impolis, je vous dis ! Bande de petits merdeux !

Monsieur le directeur est revenu dans la salle avec Emeline pour avoir sa version.

— Emeline, est-ce vous qui avez délibérément donné ce pot de chambre à la petite Camille ?

— C'est qui Camille ?

— Cette… chose provient-elle de vous ? commença à s'énerver le directeur.

— Ah, mais faut pas croire… J'ai des adorateurs fétichistes ici, vous savez !

— Que cherchez-vous donc, Emeline ? À vous faire expulser ?

— Ça, ma fille s'en est déjà chargée…

— Il y a des règles de vie en communauté, aux Bleuets comme ailleurs. Je ne peux tolérer ce genre d'agissements. Si vous ne vous adaptez pas, je me verrai dans l'obligation de demander votre transfert dans un établissement spécialisé.

— Des menaces ? Du harcèlement ? Vous voulez me maltraiter à mon âge ? dit Emeline avec un regard salace et un sourire entendu.

— Que… ? Ça suffit ! Veuillez disposer immédiatement, Emeline ! répondit le directeur en pointant le couloir d'un doigt accusateur.

Étienne a voulu détendre l'atmosphère pestilentielle.

— Comment a-t-elle fait pour la pointe en forme de tirebouchon ? demanda-t-il d'un air songeur, sans s'adresser à personne en particulier.

— Tu sculptes à froid avec le dos d'une petite cuillère de la cantine et après, tu places dans la partie congélateur du frigo de la cantine toute la nuit, répondit Emeline avant de rejoindre la direction du couloir.

Personne n'a plus touché à son dessert du restant de la semaine. Sauf Emeline qui s'en est délectée.

À lundi, j'espère...

Lundi, 23 février 2015

Le weekend ne fut pas très bon. Nous avons tous été très contrariés de cette scène vis-à-vis de mademoiselle Lise et des enfants. Certes, les écoliers en garderont un souvenir spécial, peut-être même le raconteront-ils plus tard à leurs enfants dans un fou rire, mais leurs parents risquaient d'avoir un sens de l'humour moins conciliant. Mademoiselle Lise allait devoir s'expliquer face aux parents choqués. Donc, nous avons pris les choses en mains pour redorer le blason des Bleuets.

Mardi matin, lorsque les élèves de la classe de mademoiselle Lise entrèrent pour prendre place devant leur petit bureau, ils furent dans l'incapacité, pour la plupart, de s'asseoir. En effet, leurs places étaient déjà occupées par … nous ! L'équipe des Petits Bleuets (L'équipe des Petits Bleuets est désormais composée de ceux qui veulent bien en être, elle varie selon l'envie et la capacité de chacun à participer à une action) Comme dit Étienne : il n'y a pas de règles, nous sommes tous ménopausés ou andropausés de toute façon, alors « À bas les règles ! » ;-). Même Maurice était là ! Nous avions chacun une petite trousse et un cahier devant nous. Mademoiselle Lise, bien sûr, était de connivence. Si vous aviez vu leur frimousse… Le Père Noël pouvait aller se rhabiller !

— Surprise les enfants ! présenta mademoiselle Lise.
Nous avons de nouveaux élèves ce matin ! Que chacun
prenne place à côté d'un de vos nouveaux camarades de
classe. Interrogation écrite !

— Mais madame, c'est pas juste, on a rien révisé !

— Ne t'inquiète pas, Adrien, répondit mademoiselle Lise
avec un clin d'œil.

Dans un brouhaha épouvantable, les enfants se ruèrent
pour pouvoir s'asseoir à côté de l'un d'entre nous. Adrien
s'assit près de Félix, qui lui rendit son paquet de
cacahuètes qu'il avait finalement oublié aux Bleuets
après l'épisode du haricot magique de Camille. Quelques
élèves étaient déçus car ils n'avaient pas « leur vieux ».
En effet, nous étions moins nombreux qu'eux.
Dominique était ravie : elle en avait un à côté d'elle et
une petite sur ses genoux, bien calée dans le fauteuil
roulant. Mademoiselle Lise distribua une feuille à
chacun. En moins de cinq minutes, les enfants avaient
terminé. Quant à nous, nous venions seulement d'en finir
la première lecture sans avoir répondu encore à une seule
question. Les enfants, la tête haute et un sourire non feint
sur le visage, ont retourné leur feuille, croisé leurs bras
dessus, afin de nous empêcher de tricher. Sauf Adrien,
qui filait les bonnes réponses à Félix tout en mangeant
des cacahuètes. Je vous donne un échantillon de ce qui
nous confirma que nous n'avions plus huit ans, au cas où
nous l'aurions oublié.

- Qu'est-ce qui permet, à la fois, de : téléphoner, écouter de la musique, surfer sur le net, envoyer des e-mails ? (Plusieurs choix possibles)

— iPhone

— iPod

— iPad.

— I Cloud

- Comment appelle-t-on les fans des One Direction ?

— Les dictionnaires.

— Les Addict Fashioners

— Les Directioners

- Comment s'appelle le petit bonhomme plombier des jeux vidéo ?

— Marcel

— Mario

— Maurice, etc.

Comment lutter… Je crois que nous avons tous perdu notre permis d'être jeune !

Nous avons rendu nos copies largement après le temps imparti, mais cela ne nous a pas aidés davantage. Mademoiselle Lise a eu vite fait de corriger les copies !

— 10/10 pour mes élèves habituels ET monsieur Félix… et 2/10 pour les autres !

Les élèves et Félix se sont tous levés en hurlant de joie et en levant les bras tout en swinguant du popotin pour imiter Félix, qui entama une danse de la chenille improvisée autour des tables. Il a fallu un certain temps à mademoiselle Lise pour rétablir l'ordre, car elle-même riait aux éclats. Une fois tout le monde à sa place, elle demanda aux élèves s'ils avaient des questions à poser aux séniors ici présents.

— Est-ce que vous vous laviez les dents quand vous n'étiez pas vieux ? a demandé Héloïse.

— Oui, bien sûr ! s'est empressé de répondre Blaise. Trois fois par jour pendant cinq minutes et trente secondes !

— Eh bien, on voit le résultat ! a pouffé un élève (suivi immédiatement par d'autres), qui se dépêcha de se cacher derrière un camarade.

— Ça suffit les enfants, on évite ce genre de réflexion s'il vous plaît, Oui, Lucas. Vas-y, pose ta question.

— Si vous aviez un enfant de huit ans, lui donneriez-vous de l'argent de poche et si oui combien ?

— Rien du tout ! a répondu Maurice. À votre âge, il faut travailler à l'école et obéir à ses parents. Pas besoin d'argent !

— Moi, je dis qu'à tout âge, le travail peut être récompensé, a répliqué Dominique. Si j'avais un enfant de huit ans aussi adorables que ceux qui se trouvent dans cette classe, je lui donnerais dix euros par mois !

— JE VEUX ME FAIRE ADOPTER PAR DOMINIQUE ! a crié Lucas.

S'ensuivirent des « Moi aussi ! Moi aussi ! » à profusion. Félix s'est levé et s'est mis à pousser le fauteuil de Dominique pour recommencer une chenille sous les *hourras !* des enfants. Au bout de dix minutes, le calme est revenu, et Camille a voulu à son tour poser une question.

— Pourquoi vous n'avez pas de toilettes à la maison des retraites ?

— Je t'ai déjà expliqué que la dame a juste voulu nous faire une blague, Camille, l'a reprise mademoiselle Lise, un peu gênée. Les enfants, saviez-vous que Zélia a sa propre page Facebook et qu'elle maitrise parfaitement une tablette numérique pour dialoguer avec ses amis des autres maisons de retraite ?

— C'est qui qui t'a appris ? Tes petits-enfants ? a demandé Adrien, la bouche pleine de cacahuètes.

— Non, je n'ai malheureusement pas de petits-enfants.

— C'est triste. Comment t'as fait alors ?

— J'ai eu la chance de rencontrer un adolescent très gentil qui m'a expliqué beaucoup de choses. Sans lui, je ne pourrais pas faire tout ce que je sais faire aujourd'hui.

— T'auras qu'à lui demander de te donner la réponse à la question numéro 1 sur les iPhone et iPad !

— Malheureusement, je ne le peux pas. Julien nous a quittés début janvier, il était très malade.

— Zut. Il avait quel âge ? a demandé Bastien.

— 17 ans.

— Waouh… Il n'a pas été mort vieux…

— Non, et c'est bien dommage. C'était un garçon formidable, répondis-je, la boule au ventre.

Mademoiselle Lise se dépêcha de changer de sujet. Nous avons discuté et comparé des moments de nos vies respectives entre nous et les enfants. Elle a instauré une règle de base afin d'éviter les débordements : un enfant posait une question à un sénior, ensuite le rôle était inversé. Les enfants ont adoré et ont été très attentifs à nos réponses, même à celles de Maurice.

J'ai pris un grand bol de bonne humeur et j'ai bien fait. Quand nous sommes rentrés, Fabienne m'attendait de nouveau pour m'annoncer que mon cher fils était repassé pour me voir. Mais cette fois-ci, il m'avait laissé un mot :

« *Rendez-vous demain à 15 h au café des Oubliettes. Olivier.* »

Fabienne fut plus curieuse que d'habitude.

— Il vous a attendu près d'une heure cette fois, il n'avait pas l'air très content. Il m'a dit de vous dire aussi qu'il était impératif que vous soyez au rendez-vous de demain, car il doit s'absenter à l'étranger, qu'il ne reviendra pas avant longtemps. Ce qui est étrange, c'est que sa visite ne ressemblait pas vraiment à une visite de courtoisie, on aurait dit qu'il voulait quelque chose de précis. Vous voyez ce que je veux dire ?

— Oui, merci Fabienne d'avoir pris ces messages. Nous n'avons pas toujours été en bons termes, lui et moi. Vous savez, les histoires de famille…

— Oh, ne m'en parlez pas ! J'ai une belle-sœur qui est cougar, elle passe son temps à draguer tous les cousins lors des réunions de famille, je ne vous raconte pas l'ambiance ! Mon frère, son mari, ne voit rien, il croit qu'elle les materne trop, car elle ne peut pas avoir d'enfant ; il dit qu'elle fait un « transfert affectif » sur ces jeunes. Moi, quand je vois les regards qu'elle leur lance, je vois en effet quel type d'affection elle aimerait transférer !

M'intéresser aux détails croustillants de sa belle-sœur nymphomane m'a permis d'éluder le récit de ma propre histoire. Mais je connaissais bien Fabienne : elle ferait tout pour que je n'oublie pas de me rendre à ce satané rendez-vous. De toute façon, ça tombe bien. Dormir et réfléchir me feront le plus grand bien.

ooo

1968

Une décennie de sommeil profond. Clairsemé de rares moments de lucidité certes... mais tout mon corps s'était mis en attente de guérison psychologique. Dès que j'arrêtais mon traitement, je faisais une tentative de suicide. On m'oublia dans un coin de cet hôpital sordide. C'est un nouveau médecin, une femme, qui m'aida à refaire surface. Elle changea mon traitement et passa beaucoup de temps à me parler et à me faire parler. J'ai ainsi, peu à peu, repris confiance en moi.

Quelques jours après être sortie de ma longue léthargie dépressive, je rentrais donc à l'auberge.

Edgard et Olivier tenaient l'auberge à eux deux. Olivier allait le moins possible à l'école. Il était grand pour son âge, beau comme son vrai père. Lorsqu'il daignait sourire, je retrouvais en lui le charme de Paulin, ce charme qui m'avait fait quitter l'Auberge un soir pour aller le retrouver clandestinement.

L'accueil fut assez froid. Edgard me reprocha de m'être reposée un peu trop longtemps à son goût « si-je-voyais-ce-qu'il-voulait-dire ». Qu'à cause de moi, Olivier avait été élevé sans mère, qu'il n'avait pas pu étudier comme tous les enfants de son âge, car il ne pouvait s'en sortir seul, qu'il n'avait pas les moyens d'engager quelqu'un. Que maintenant, soit je les aidais à remonter les finances de l'Auberge, soit je prenais mes cliques et mes claques pour aller continuer de me reposer ailleurs. Si Olivier avait été le fils d'Edgard, je serais partie. Mais malheureusement, le souvenir de Paulin m'habitait toujours, j'ai donc voulu rester près de son fils.

Fidèle à son éducation des premiers jours, Olivier ne m'adressait pas la parole. J'étais une étrangère à ses yeux. Les seules fois où il prononçait des mots à mon égard, c'était pour répéter un ordre qu'Edgard m'avait donné. Je devais alors mieux essuyer les verres, relaver le comptoir, refaire les lits qu'il estimait en désordre. Je me suis tue, j'ai encaissé ses réprimandes pendant des années. Peu à peu, l'auberge jouit d'une meilleure réputation : c'était propre, on y mangeait bien. Les samedis soir, Edgard organisait des soirées à thèmes, avec des musiciens. Puis, en 1973, nous avons eu les moyens de rénover la salle, les chambres. L'année d'après, la façade. Nous étions devenus l'auberge de référence à 50 km à la ronde. Nous affichions complet plusieurs fois par semaine. Le tourisme s'était développé dans la région, nous en récoltions les bénéfices. Puis, en février 1974, Georges Pompidou, notre Président, de passage dans la région, s'est arrêté chez nous quelques jours à titre privé. C'étaient quelques semaines avant son décès. Il avait besoin de repos, loin de Paris. Il savait qu'il était condamné et voulait prendre le temps de poser ses dernières décisions avant de retourner affronter les Français devant un journal télévisé pendant lequel il ne prononcerait pas un seul mot. Je pense aujourd'hui que son passage à l'Auberge l'a aidé à se concentrer sur ses derniers instants pour quitter ce monde avec une certaine sérénité spirituelle. J'avais eu l'opportunité de discuter seule avec lui, il s'était intéressé à ma vie avec sincérité. Lorsque j'avais évoqué les successions de mauvaises décisions que j'avais prises, il m'avait dit : « Chaque problème résolu en fait naître d'autres, en général plus difficiles. » *et il avait ajouté :* « Ne lâchez rien, Zélia, vous n'en sortirez que plus forte ! Déposez sur chaque marche derrière vous un choix que vous regrettez et continuez à monter le grand escalier : une fois en haut, lorsque vous vous retournerez, tout cela vous semblera si loin. » *Je l'avais remercié par un sourire chaleureux et lui avais répondu :* « Je tâcherai d'appliquer votre technique de l'escalier avant d'arriver sur la dernière marche, promis. » « Et vous, promettez-moi qu'une fois sur cette marche fatidique, vous continuerez à regarder droit devant. Regardez votre pays droit dans les yeux, sans un mot. Il comprendra. »

ooo

Mercredi matin, je me fis porter pâle. J'ai prétexté un mal de ventre bidon et un mal de tête. Le médecin me diagnostiqua une gastro-entérite et on me laissa ainsi tranquille toute la journée. Fabienne fut déçue que je ne puisse pas me rendre au rendez-vous fixé par mon fils.

Le jeudi soir, à 20 h, la MDR des Bleuets était, une nouvelle fois, à la une du journal télévisé :

« *Attentat à la maison de retraite des Bleuets. Vers 10 h 45, un résident a reçu une balle en pleine tête, provenant d'un tir extérieur. D'après les témoignages des passants, une voiture noire aux vitres teintées roulant à vive allure s'est soudainement arrêtée sur le côté du bâtiment, côté qui permet d'avoir une vue directe sur la salle d'activité des Bleuets. Un homme cagoulé s'est extirpé de la fenêtre arrière du véhicule, a sorti un fusil, a tiré une seule balle, puis la voiture a redémarré en trombe. Le véhicule n'avait pas de plaque. Cela ressemble à une exécution. Renaud Chanssé, qui était âgé de 76 ans, n'était pas connu pour avoir côtoyé le grand banditisme ni aucun groupe mafieux que ce soit. Il était très apprécié de ses amis à la maison de retraite des Bleuets. Les résidents sont sous le choc.*

Le directeur de l'établissement a pris toutes les dispositions nécessaires pour mettre ses résidents en sécurité, une cellule psychologique a été mise en place dès cet après-midi. L'enquête est en cours, mais déjà, nous savons qu'aucun indice n'a été laissé sur place. Peut-être la balistique mettra-t-elle les enquêteurs sur une piste. L'équipe du journal se joint à moi pour soutenir les Bleuets. Vous comprendrez qu'aucune image ne vous sera transmise ce soir, afin de respecter nos amis séniors, très attristés par cette terrible tragédie. Nous vous tiendrons informés de l'avancement de l'enquête. Décidément, nous ne sommes plus en sécurité nulle part, même au crépuscule de notre vie. En parlant de crépuscule, J - 22 avant l'éclipse solaire, n'oubliez pas vos lunettes... »

Je me trouvais juste à côté de Renaud lorsque la balle s'est logée dans son crâne. Pour une fois, j'ai failli être fière de mon fils. Il a failli m'appliquer le cas n°2 : mort par assassinat. Car c'était lui, l'assassin ou le commanditaire. Et cette balle m'était destinée. J'en suis persuadée. Je n'étais pas allée à son rendez-vous et Renaud l'avait payé de sa vie par erreur. J'aurais dû me douter qu'une fois qu'il m'aurait localisée, il ne lâcherait pas l'affaire. À force de procrastination, j'ai provoqué cette situation, je suis responsable de la mort de Renaud. J'aurais dû mourir, ce jeudi 19 février à 10 h 45. Mais je ne sais quel Dieu en a décidé autrement. Une bonne étoile ? Si j'en avais une, je m'en serais déjà aperçue. Non, c'était une punition de plus. Fée Mauvaise Augure me suivait comme une ombre. Je ferme les yeux, je suis lasse.

Tellement lasse.

Lundi, 2 mars 2015

J'ai passé toute la semaine seule dans ma chambre. J'ai
demandé qu'on m'apporte des plateaux-repas, lesquels
sont repartis presque intacts. Mes amis tentaient une
approche plusieurs fois par jour, s'inquiétaient beaucoup
pour moi. Ils pensaient que j'avais craint pour ma vie,
ayant été à quelques centimètres de Renaud. Je n'ai pas
eu le courage d'aller à son enterrement. L'enquête n'a
rien donné, aucune piste sérieuse. La balistique a permis
de déterminer le type d'arme, un fusil d'assaut semi-
automatique, mais pas son propriétaire. Ce type d'arme
circule de manière illégale par-delà les frontières. La
dernière fois que la police scientifique avait eu à analyser
ce type de balle, c'était lors de l'attentat en janvier contre
Charlie Hebdo. La vie de Renaud fut passée au peigne
fin, le reste de sa famille aussi. À part quelques P.V. non
payés, la police n'a rien trouvé à reprocher au défunt ou à
ses proches. Les médias n'ont parlé que de cette affaire
pendant plusieurs jours. Puis le calme est revenu, les
guerres et les conflits mondiaux ont repris leur place au
hit-parade de l'information. Louis a insisté pour que
j'aille me reposer chez lui, comme après le décès de
Julien. Mais je lui ai expliqué que j'avais besoin d'être
seule, pour faire le point sur certaines choses.

Monsieur le directeur s'est également beaucoup inquiété.

— Zélia, m'a-t-il interpellé à travers ma porte comme je refusais de lui ouvrir. Je respecte votre souhait de vivre votre deuil comme vous l'entendez, mais de mon devoir de directeur de cet établissement, je dois m'assurer de votre bonne santé, physique et mentale. Or, depuis quelques jours, vous ne mangez presque rien. Je ne peux pas vous laisser dépérir ainsi. Je suis vraiment désolé, Zélia, je vais devoir vous hospitaliser.

— Merci monsieur le directeur. Merci pour votre patience. Laissez-moi encore jusqu'à demain, je vous promets d'essayer d'aller mieux.

— D'accord, Zélia. Jusque demain. Courage, nous sommes là, vous nous manquez, Zélia. Vos amis vous réclament, ils aimeraient partager leur douleur avec vous. Ensemble, nous sommes plus forts !

Le pauvre, il essayait de me réconforter comme il le pouvait. Le lendemain matin, j'ai donc émergé de mon antre au grand soulagement général des résidents. Mais la vie ne pouvait reprendre son cours normalement après avoir meurtri ainsi les esprits. Je leur devais une explication. D'autant plus que la vraie cible n'ayant pas été atteinte, leur vie était toujours en danger.

ooo

1975/1985

À la suite du séjour de Georges Pompidou à notre auberge, l'affluence ne fit que croître. Tant et si bien que dès 1975, Edgard embaucha avec soin deux serveuses. Olivier avait alors 18 ans. Il traînait beaucoup dans la rue et ne travaillait quasiment plus à l'Auberge. Edgard commençait à perdre son autorité envers lui, il trouvait cela normal : Olivier devenait un homme et un homme doit apprendre la vie. Quand il vit son fils partir en Corse en 1976 pour défendre les idées patriotiques d'une organisation clandestine, il fut fier de lui. Vive la patrie ! En fait, Olivier désertait pour ne pas avoir à accomplir son service militaire.

Et moi, dans tout ça ? J'étais nourrie, logée, je travaillais. Edgard me considérait comme une employée, sans plus. Une fois les serveuses embauchées, Edgard m'épargna le côté devoir conjugal à mon plus grand soulagement. Ses nouvelles jeunes recrues le satisfaisaient amplement.

Quand j'y repense, j'ai eu une chance incroyable : j'aurais pu enfanter de nouveau, mais cela ne s'est, fort heureusement, jamais produit. Puis, en 1980, Edgard mourut subitement derrière le comptoir. Il était en train de raconter une blague salace à des habitués du genre quand tout à coup, il bascula en arrière sans avoir eu le temps de dévoiler la chute de l'histoire.

C'en était terminé pour lui, une nouvelle vie commençait pour moi. J'aurais bien gardé les serveuses, mais elles voyaient en moi une nouvelle patronne qui allait vouloir se venger des adultères commis et cette idée ne leur seyait guère. Si elles savaient... J'engageai donc à leur place deux dames très courageuses, d'un certain âge mais d'une classe folle. Nous perdîmes les clients de moyenne gamme pour récolter une clientèle plus qu'aisée.

À l'aube d'un matin d'automne de 1985, Olivier poussa la porte de l'Auberge. Il avait alors 28 ans, je ne l'avais pas vu depuis près de neuf ans. Cela faisait maintenant cinq ans qu'Edgard était mort et il n'était pas au courant. Il ne nous avait jamais donné de nouvelles pendant toutes ces années, je n'avais aucune adresse à laquelle le prévenir. Il resta figé dans l'embrasure de la porte, me reconnut. J'aurais pu, pendant une fraction de seconde, le confondre avec ce sublime inconnu qui m'avait courtisé au comptoir 29 ans plus tôt, si la dureté de son regard ne m'avait ramenée à la réalité. Celui-ci avait changé : il était encore plus perçant et sournois qu'avant.

— Il est où, Papa ?

— Il est mort il y a cinq ans.

— Tu as donc fini par le tuer ?

— Pourquoi j'aurais fait ça ?

— Parce que tu es une mauvaise femme. Il a dû finir par s'en rendre compte. Trop tard apparemment.

— Parce que, toi, tu es un bon fils ? Disparaître pendant tant d'années, sans lui donner la moindre nouvelle ? Il ne s'en plaignait pas parce qu'il était trop fier, mais il en souffrait.

— C'est ça... fais-moi culpabiliser, méchante femme... J'ai dû te manquer à toi aussi, hein ?

— C'est ton père qui me manque...

— Bah voyons ! C'est la meilleure, celle-là... J'imagine que c'est toi la patronne maintenant, hein ? Tu t'en sors pas si mal au bout du compte... Il t'a sortie du caniveau et maintenant c'est toi qui diriges la baraque...

Il s'assit sur un tabouret, s'accoudant violemment sur le comptoir tout en crachant sur le sol. Nous étions seuls.

— Et ma part ? Tu dois me donner ma part de c'te bicoque. J'ai travaillé ici pendant des années alors que madame se reposait les doigts de pieds en éventail.

— Edgard n'a rien prévu à ce sujet, il est mort soudainement.

— Il faut donc que tu vendes. Ou que tu crèves. Tu préfères quoi ? dit-il en caressant la lame de son opinel avec son pouce.

— *Et toi ? Tu préfères quoi ?*

— *Ne me tente pas…*

*Lucien, l'expresso de 7 h 45, entra à ce moment-là.
Olivier baissa sa casquette sur son front et fixa le
comptoir. Lucien m'amenait tous les jours la pile de
journaux qui allait accompagner les clients de l'auberge
pendant leur petit-déjeuner. Lucien était un ancien agent
de la sécurité à la retraite.*

*C'est lui qui, tous les matins, m'informait des misères du
monde en général. Lorsqu'il a posé les journaux sur le
comptoir en nous souhaitant le bonjour, il a tout de suite
remarqué mon sourire forcé et tendu. Ses yeux ont
bifurqué vers mon interlocuteur.*

— *Mais… mais… je vous reconnais ! Vous faites partie
du…*

*Olivier ne le laissa pas terminer : de son bras gauche, il
enveloppa Lucien par les épaules, pendant que sa main
droite accompagnait mortellement la lame de l'opinel
dans les entrailles du livreur de journaux. Lucien
s'effondra aussitôt dans un râle étouffé. Olivier me
transperça du regard avant de s'enfuir.*

— *Je reviendrai, tu ne perds rien pour attendre.*

Je me suis précipitée sur Lucien.

— Fais attention... Zélia... Ce type... Il est recherché...
Il commet des attentats. Avec le ... FNLC ... Il parait
qu'il... n'est même pas corse... Il a juste la... rage...
Qu'est-ce qu'il... fout ici, Zélia ?

— Le Front de Libération National Corse ? C'est un
terroriste ? C'est ça, Lucien ?

— Oui...Zélia... Méfie-toi de cet... homme... J'ai
reconnu... ses yeux... On ne peut pas... les oublier.

Lucien s'est éteint. J'ai appelé la police. J'ai choisi de
mentir.

— Lucien est venu me déposer les journaux comme tous
les matins, un homme avec une casquette est entré et l'a
poignardé. Ensuite, il est reparti, je ne l'avais jamais vu.

Ils ont emmené le corps de Lucien sous les yeux effrayés
des badauds.

ooo

Après un rapide résumé de la situation, mes amis de
l'équipe des petits Bleuets (à savoir : Blaise, Étienne,
Jacques, Félix, Isabelle, Martine qui venait de sortir de la
clinique, Dominique et Louis) eurent besoin d'une pause
pour réfléchir. Les réactions étaient partagées. Étienne,

Isabelle et Martine voulaient que j'aille immédiatement tout raconter à la police. Les autres trouvaient cette réaction compréhensible, mais doutaient de l'efficacité escomptée.

— Monsieur le directeur est au courant ? demanda Martine.

— Non, vous êtes les seuls à savoir. Personne d'autre. Absolument personne. Après que Lucien a eu été assassiné, je suis restée travailler à l'auberge comme si de rien n'était. La police surveillait l'établissement régulièrement. En 1987, trois des membres du FNLC furent mis en prison pendant cinq ans après avoir commis un attentat qui fit 25 morts. Cela fit la une des journaux. Malgré sa cagoule, j'ai reconnu mon fils sur une photo. Apparemment, ce n'était pas sa première condamnation. J'ai profité qu'il était sous les verrous pour vendre l'auberge en 1991. Je me suis doutée qu'à sa sortie de prison, il reviendrait pour réclamer ce qu'il croyait être son héritage. Alors que je vidais le grenier avant de quitter l'auberge, j'ai découvert, dans un carton, une vieille enveloppe scotchée avec l'entête d'un hôpital de Paris, appartenant aux parents d'Edgard. Étant adolescent, il avait eu les oreillons avec complications, orchite (inflammation des testicules), s'ensuivit une méningite avec encéphalite. En bref, les conclusions des médecins ne lui laissaient aucune chance d'être père un jour. Ses parents ne le lui avaient jamais dit.

— Waaah… Comme à la télé… T'es allée où ensuite ? demanda Étienne.

— Là où il n'a jamais pensé à me chercher : en Corse.

— En Corse ? Ah ouais… Carrément pas con…, pensa tout haut Blaise.

— Je me suis trouvé une petite location près de Corté, à l'écart, sous un faux nom. Avec la vente de l'auberge j'avais largement de quoi vivre sans avoir à trouver un emploi et ainsi éviter de me faire remarquer par les Corses. La propriétaire de mon logement était une dame âgée, Madeleine, qui fut ravie d'avoir quelqu'un avec qui parler. Je lui faisais ses courses, son ménage, divers petits services.

Au bout de six mois, elle n'acceptait plus que je lui verse de loyer. Elle espérait ainsi que je reste à ses côtés le plus longtemps possible. Elle n'avait pas besoin d'argent. Je lui ai raconté toute ma vie depuis mon enfance. J'ai trouvé auprès de Madeleine le soutien moral dont j'avais besoin depuis si longtemps ! Puis, un soir d'octobre 1992, j'entendis aux informations télévisées : « *Une auberge prise pour cible dans un attentat ce matin à Paris. Il ne reste rien de ce magnifique établissement qui avait su devenir une des plus belles auberges de la région ces dernières années. Les propriétaires, qui avaient racheté l'établissement l'année dernière, font également partie des victimes, qu'on estime à seize : deux serveuses ainsi que douze clients. L'enquête est en cours. Aucune revendication pour l'instant.* »

— Oui ! Je me souviens de cet attentat ! s'exclama Félix.

— Ma pauvre Zélia… Tu as dû avoir tous ces morts sur
la conscience, je n'ose même pas imaginer… Mon
Dieu… C'est horrible… dit Isabelle tout en essuyant ses
larmes. Mais en même temps, si tu étais restée dans cette
auberge, c'est toi qui serais morte…

— Ma vie ne valait pas celle de tous ces gens, Isabelle.
La plupart des décisions que j'ai prises dans ma vie ont
eu pour conséquence de laisser des cadavres derrière moi.
Jusqu'ici… aux Bleuets ! Tous ces gens… Renaud…
J'aurais dû mourir à sa place, c'est ma faute si Renaud
est mort !

J'éclatai en sanglots. Les résidents qui ne participaient
pas à notre conversation commençaient à trouver étrange
notre petite réunion en comité restreint. Surtout Emeline
qui ne se gênait pas pour nous fixer avec insistance.
Louis s'empressa de changer de sujet de conversation et
clôtura la séance en nous invitant tous chez lui dès le
lendemain matin.

Pour la première fois de ma vie, j'ai pris le somnifère que
Fabienne s'entêtait à vouloir me faire ingurgiter depuis
une semaine. Il fit rapidement son effet. Les morts de ma
conscience se reposèrent un court instant avec moi. Cette
nuit-là, j'ai rêvé de Paulin. Nous nous promenions
ensemble dans les rues de Paris, dans le quartier de
Montmartre. Dans un café, Au Bon Coin, il me demanda
ma main. J'acceptai. Une pluie verglaçante se mit à
marteler les trottoirs. L'instant d'après, nous étions
enlacés dans le noir, sous la chaleur enivrante de nos
corps exultés. Je ne m'étais jamais autant abandonnée, ni

par le corps ni par l'esprit. Soudain, un coup de tonnerre me fit remonter à la surface. L'éclair qui s'ensuivit illumina une fraction de seconde la chambre et j'aperçus au-dessus de moi, ses yeux magnifiques qui me sondaient. Ils semblaient vouloir pénétrer mon âme et je sentis un mal-être s'installer. J'essayai d'allumer la lampe de chevet, mais une main ferme me plaqua le poignet sur le bord du lit. Dans un souffle chaud et fétide, j'entends une voix me murmurer : « Je savais que je t'aurais ! » Un nouvel éclair vint embraser le visage de Paulin qui s'est transformé en celui d'Olivier. Je me suis réveillée en sursaut, me promettant de ne plus jamais prendre de somnifère.

La cellule de crise chez Louis fut agrémentée d'excellents pains aux raisins et autres viennoiseries en tout genre. Louis profita que chacun d'entre nous alimentait son diabète pour prendre la parole.

— Je suppose que la plupart d'entre vous ont, comme moi, mal dormi cette nuit. Vous vous êtes sûrement réveillés ce matin avec les mêmes interrogations qu'hier. Peut-être que certains sont persuadés que la meilleure solution consiste à avertir les autorités compétentes. Avant d'exprimer votre avis, je vous conjure de bien réfléchir aux conséquences. Posez-vous donc la question suivante : que se passera-t-il une fois que la police connaîtra les détails que Zélia nous a confiés hier ? Son fils est un terroriste. Il est connu des services de police depuis plus de trente ans. Pensez-vous vraiment que faire remonter à la surface cette histoire changera quoi que ce soit ? Une dernière chose et je vous laisse parler : dès que monsieur le directeur sera au courant, il se verra dans l'obligation d'en avertir la police, qui devra protéger Zélia. Elle aura le statut de témoin sous protection et sera placée dans un autre établissement en toute discrétion. Est-ce vraiment cela que vous voulez ?

Un par un, mes amis reprirent une viennoiserie afin d'éviter d'être le ou la première personne à répondre.

— Je te remercie, Louis. Mais je dois prendre mes responsabilités. Il est clair que je mets votre vie à tous en danger. Car il reviendra, je peux vous le garantir. Il a fait sauter l'Auberge en 1992, il peut recommencer avec la MDR des Bleuets ou une autre. N'importe quand. Je dois partir. Ou mourir.

— Quoi ?! s'étouffa à moitié Blaise avec son croissant pur beurre.

— En fait, je suis venue aux Bleuets pour cette raison : je voulais prendre le temps de choisir ma mort. Madeleine est décédée en début d'année dernière, à 105 ans. Je l'ai retrouvée sur sa balancelle, dans son petit champ d'oliviers. La vieillesse avait accompli son œuvre. Elle avait fait de moi sa seule héritière auprès de son notaire. Comme je vous l'avais dit, je lui avais donné un faux nom. Mais Madeleine était intelligente et j'ai dû à un moment donné être négligente, car le notaire m'a convoquée sous mon vrai nom pour m'annoncer la nouvelle. Tout le village a été rapidement mis au courant et la Corse aussi. Un jour, alors que je revenais du marché, la maison de Madeleine, qui était dorénavant devenue mienne, n'était plus qu'un tas de cailloux effondrés. J'ai pris l'avion pour Paris et suis restée quelques jours à l'hôtel. Je me suis dit que c'était peut-être l'heure pour moi de me mêler à mes semblables. L'heure de me rapprocher de ceux qui sont proches de la fin. Afin de les accompagner. Que j'y trouverais l'inspiration nécessaire pour choisir MA fin. Sans conséquences pour autrui. Alors je suis venue dans l'Eure, où il y avait les Bleuets, nom de la rue où j'avais passé la plus belle soirée de ma vie avec Paulin.

— Ooohhh… Que c'est romantique ! pleurnicha Martine.

— Bah dis donc, Zélia… Pour quelqu'un qui n'aime pas les feuilletons à l'eau de rose… on est gâtés ! a répliqué Étienne.

— Oui, tu as raison, Étienne. Mais je n'avais plus aucun repère. J'avais besoin de me raccrocher à quelque chose. J'ai pris ça comme un signe du destin. Et pour une fois dans ma vie, j'ai fait le bon choix : je vous ai trouvés et, bordel, c'est la meilleure chose qui me soit arrivée…

— Arrête, tu vas me faire chialer, répondit Étienne en s'essuyant le coin des yeux. Merde, avant, il n'y avait que les oignons qui me faisaient cet effet…

— Putain, moi c'est pareil, Zélia, a dit Félix. J'suis super content de t'avoir rencontrée. Et j'veux pas que tu partes. Nulle part !

— Eh dis donc, Zélia ! s'est énervé gentiment Blaise, tu vas pas nous casser les couilles avec ta mélancolie alors que ça fait des mois que tu fais tout pour qu'on se bouge le cul ! Je t'interdis de partir où que ce soit tant que tu ne m'as pas vu faire mon saut en parachute, t'entends ?

— « Bordel. » « Merde. » « Putain ! Casser les couilles ! » Eh, ça suffit le vocabulaire fleuri ! Vous faites chier, on n'est pas encore au printemps ! a plaisanté Isabelle. Moi non plus, je ne veux pas que tu partes, Zélia, ni ailleurs ni pour toujours.

— On est tous d'accord, ont complété Dominique et Jacques.

— Je ne sais pas ce que vous avez décidé, mais je suis d'accord avec vous ! a dit Denis, qui venait de rentrer sans frapper. Désolé, je suis en retard, vous savez ce que c'est, je n'ai plus une minute à moi. Bon, on commence par quoi ?

Lundi 9 mars 2015

Voilà. J'ai tout déballé. Tout balancé. Ça fait un bien fou.
Mais je ne suis plus seule maîtresse de la situation. D'un
autre côté, tout m'échappe. Je ne suis pas contre un peu
d'aide. Il faut cependant faire vite. Car Olivier a dû
comprendre qu'il a raté sa cible. Je crains une récidive.
S'il m'avait donné rendez-vous au « café des Oubliettes
», c'est qu'il y avait un contact de confiance. Je m'y suis
donc rendue hier, juste avant la fermeture de 12 h 30.
Sans un mot, j'ai laissé une lettre au patron, « Pour
Olivier ». À son regard, j'ai compris que je ne m'étais
pas trompée.

*« Olivier, nous avons bien reçu ton message. Surtout mon
ami Renaud qui ne s'en remettra pas. Tu as gagné,
j'accepte de te rencontrer. Mais pas dans un de tes
repères de voyou. Ayant besoin d'un peu de temps pour
me remettre de toutes ces émotions à mon âge, je te
donne rendez-vous au restaurant « Le Régalâge », le
vendredi 20 mars à 20 h. Ce n'est pas la peine de faire
sauter le restaurant, j'y entrerai après toi, par mesure de
sécurité. Je sais de quoi tu es capable, il n'y a pas de
piège de ma part.*

Zélia »

Désormais, mes amis ne veulent plus que je leur cache
quoi que ce soit. Ils passent leur temps à réfléchir pour

concocter un plan d'attaque. Ce sont eux qui m'ont demandé d'éloigner la date de rendez-vous au 20 mars.

— Nous avons besoin d'un peu de temps pour trouver un moyen de le coincer, a dit Blaise.

— Le coincer ? l'a interrogé, Étienne.

— Le coincer, l'empêcher de nuire à quiconque, emploie le mot que tu veux, tu vois bien ce que je veux dire !

— Ah oui… le coincer, quoi…

— Exactement !

— De toute façon, je sais ce qu'il va me dire : il veut sa part d'héritage de l'Auberge, ai-je affirmé. Et il va le vouloir en liquide.

— Tu estimes ça à combien ? a demandé Martine.

— On s'en fout, Martine.

— Non, je dis ça car il faut prévenir la banque à l'avance quand on veut sortir une grosse somme en…

— Mais t'as rien compris à l'affaire ! s'est énervé Blaise. T'as pas compris que Zélia ne lui donnera rien à Olivier-le-terroriste-Corse-même-pas-Corse ? Edgard n'était pas son père ! Zélia en a la preuve et aucun testament n'ayant été fait, Zélia est la seule héritière ! La seule façon qu'il a de pouvoir récupérer l'argent de Zélia, c'est qu'elle soit morte ! Donc, soit on trouve un moyen de le faire changer d'avis, soit on le livre à la police, soit…

— … ah ouais… carrément… dit Félix. Merde, ça fait chier. Euh pardon Isabelle, je voulais dire : Oups, c'est embêtant.

Jacques nous rejoignit. Il était blanc et fripé comme un drap sorti du sèche-linge.

— Ça va, Jacques ? s'est inquiétée Isabelle.

— Oui, merci, ça va un peu mieux.

— Qu'est-ce qui t'arrive ?

— J'étais complètement bouché.

— De quel trou ? a demandé Martine en pouffant de rire.

— De celui que tu n'as pas, a répondu Jacques. Infection urinaire aiguë. Je ne souhaite ça à personne. Quoique… en cherchant bien…

— On connait tous quelqu'un à qui on refilerait bien une bonne grosse infection urinaire ! a dit Étienne. Seulement, ce n'est pas contagieux…

— Bon, vous avez terminé de causer copeaux de verres brisés ? a coupé Isabelle. On a un terroriste sur les bras à qui il faudrait faire passer l'envie d'envoyer des p'tits vieux au cimetière ! Ce n'est pas une petite cystite qui l'arrêtera !

— Rien ne l'arrêtera, ai-je dit. Il est comme ça depuis qu'il est petit. C'est ma faute, c'est moi qui l'ai rendu méchant. Je n'ai jamais été une mère pour lui.

— En même temps, tu ne connais pas grand-chose de son vrai père, Paulin, a dit doucement Isabelle pour ne pas me froisser. Tu n'as passé que quelques heures avec lui... Peut-être qu'il n'était pas aussi gentil que tu le pensais. Surtout ne le prends pas mal Zélia, mais peut-être que ton mal-être de l'époque t'a fait l'idolâtrer...

Personne n'osa donner un avis sur le sujet. Bien sûr, elle avait sûrement raison, Isabelle. J'avais été sotte. Une fois amoureuse dans ma vie, naïve comme une adolescente. Simplement parce qu'il avait des yeux verts extraordinaires, qui ont su m'électriser à un moment de ma vie où l'ennui était ma seule compagnie. Je me suis vite ressaisie. Ressasser le passé ne servant à rien, j'ai encouragé l'équipe des petits Bleuets à continuer leurs profondes réflexions.

— Vous avez raison, il faut trouver un moyen de stopper ses carnages.

— Bien joué, Zélia ! Je te reconnais bien là ! applaudit Blaise. Bon, quelqu'un a-t-il une idée plus efficace qu'une infection urinaire ?

— Attendons peut-être de savoir ce qu'il va dire à Zélia. On ne sait jamais, a proposé Martine.

— Une balle dans la tête ne te semble pas assez limpide comme message ? a demandé Blaise.

— Séquestrez-le et faites-le passer pour une balance.

Ça, c'était Emeline Vachier. Elle parlait peu, mais elle parlait bien.

— Euh… c'est une idée… Mais… Et si nous faisions connaissance d'abord ? a demandé Étienne.

— Écoute mon coco… Je ne suis jamais passée par la case préliminaire et ce n'est pas à 79 ans que je vais commencer. N'en déplaise à monsieur. Vous ne m'aimez pas et je ne vous aime pas ! Et vice versa. Là-dessus au moins, on est d'accord. Je m'emmerde ici et je sens que votre petite magouille va me plaire ; ce qu'il y a, c'est que vous vous y prenez comme des bleus. Envoyez-lui un faire-part pendant que vous y êtes, à votre terroriste ! Il n'attendra pas le dessert pour vous zigouiller !

— Séquestrer ? a questionné Blaise. Comment ? Pour quoi faire ?

— Déjà, pour gagner du temps. Une fois isolé et désarmé, il ne pourra plus faire péter quoi que ce soit.

— Il n'est pas seul, ai-je dit.

— C'est pour ça que vous devez lui tendre un piège rapidement dont l'issue sera la séquestration. Ainsi, il ne pourra plus communiquer. Ensuite, vous verrez bien si une négociation est envisageable. Ma fille m'a mise ici le temps de sa mission en Islande, donc mon appartement est vide. Je vous le prête à condition d'avoir un rôle à jouer dans l'histoire.

— Oh oh oh… Du calme, du calme… a dit Blaise. On ne va pas tendre de piège ni enlever qui que ce soit, Calamity Jane. On n'est pas des terroristes, nous. On est que des vieux qui…

— … sont dans la merde, oui ! l'a interrompu Emeline. Et encore, je suis polie… On doit agir, on n'a pas le choix ! Pour le rendez-vous du 20 mars, il faut lui…

— Mais attends… Comment tu es au courant pour le 20 mars ? a demandé Félix.

Emeline n'a pas répondu. Elle a tourné les yeux vers la baie vitrée, comme pour attendre que la situation se décante seule. Cinq minutes de tic-tac plus tard, Martine a lâché le morceau en levant sa canne :

— Oui bon, voilà ! C'est moi qui lui ai tout raconté ! Elle m'a dit que si je ne lui racontais pas notre petite réunion chez Louis, je ferais mieux de m'acheter des après-skis à crampons !

Tous les regards se sont tournés vers Emeline.

— Réfléchissez bien ! a-t-elle dit en se levant. Mais faites vite, sinon il n'y aura pas que Zélia qui aura des morts sur la conscience. Voilà mon plan : le 20 mars, vous lui laissez un autre message qui lui donne rendez-vous à mon appartement. Une fois là-bas, Zélia négocie avec lui. Soit, tu lui donnes ton pognon, soit tu ne lui en donnes pas. Si tu ne lui donnes pas, tu t'arranges pour faire passer un communiqué comme quoi un terroriste corse a été chopé dans l'Eure par les forces de l'ordre et qu'il balance le nom de ses potes pour négocier une peine de prison. L'information sera vite démentie, car elle s'avérera fausse, mais la rumeur se répandra. Et dans le doute, il déguerpira rapidement du pays.

— Rien ne me dit qu'il ne reviendrait pas pour se venger, rétorquai-je.

— Nan. C'est vrai. Y a qu'un moyen pour qu'il ne fasse plus jamais chier personne.

Et elle a quitté la pièce.

— Waouh… Je n'aurais pas aimé être son mec ! Je me demande combien de fois elle s'est rendue veuve… a dit Blaise.

— Une vraie mygale… elle tisse sa toile, fait patienter sa proie… Et PAF ! Lui plante son dard ! a répondu Étienne.

— Pour ta gouverne, une araignée n'a pas de dard, a précisé Isabelle.

— Ouais bon, bah elle te nique quand même...

— Merci pour tes précisions, Étienne, a écourté Dominique. Zélia, comment vois-tu les choses ?

— Je ne sais pas... Je ne sais plus... Je savais au fond de moi que ce moment finirait par arriver... J'avais juste espéré avoir le courage de me supprimer avant... C'est peut-être la solution finalement... Si j'étais vraiment morte, il n'intenterait plus rien et vous ne risqueriez plus rien... Je vais lui donner tout l'argent que j'ai. Après tout, c'est simple... C'est si simple... J'aurais pu éviter tant de morts, mais je n'en ai fait qu'à ma tête... Je suis tellement désolée...

Mes amis m'ont consolée en m'entourant de leurs bras, sauf Blaise.

— Quoi ? Tu laisses tomber ? Tu as fait tout ça pour rien alors... Tu me déçois.

— Je suis fatiguée, Blaise... Si tu savais...

— Pas moi. Tu vois, moi je suis en « mode remonté », tu vois le genre ? Pas question que je laisse cet enfoiré nous décimer comme bon lui chante. Il me plaît bien, le plan de la mygale.

— Il te plait jusqu'à quel point de détail ? a demandé Jacques.

— Je vais y réfléchir dans mon coin. Salut.

Nous n'en avons plus reparlé du reste de la semaine, afin de cogiter en individuel, sans influence collatérale.

À lundi.

Lundi, 16 mars 2015

La pièce de théâtre prend forme. Nos amis séniors des autres MDR, loin de nos soucis terroristes, ont bien travaillé. La pièce se présentera sous forme de scénettes, d'après ce que m'a dit Amélie. Après l'assassinat de Renaud, Amélie a repris le flambeau pour la création de cette pièce. Elle s'est doutée que nous n'avions pas le cœur à jouer les artistes pour le moment et a voulu éviter que la panique s'installe auprès des résidents. Elle a donc mis les bouchées doubles au niveau de la communication entre MDR. Elle m'a juste demandé de voir avec monsieur le maire pour qu'il puisse mettre une scène à notre disposition.

Monsieur le maire a été surpris puis enchanté puis ravi de nous prêter gracieusement la salle des fêtes pour le 18 avril. En fait, notre cher maire convoitait le poste de préfet de région bientôt vacant et cumulait de bonne grâce les actes de générosité dans sa ville. Après l'attentat des Bleuets, montrer à tous les habitants que les résidents relèvent la tête et ne se laissent pas abattre, fut une idée qu'il jugea « héroïque ». Je réussis même à négocier une entrée payante et un bénéfice exclusivement reversé à notre association MDR27.

Hier après-midi, l'équipe des petits Bleuets s'est réunie autour d'un jeu de tarot pour décider de l'avenir de la mission "Mygale". Denis était là aussi, comme au bon vieux temps. Il ne manquait que Renaud. Comme personne n'a voulu faire part de ses réflexions avant que je ne donne mon avis, j'ai distribué les cartes.

— Dans le principe, je suis partante pour l'opération « Mygale ». Quitte à inclure Vachier dans l'équipe pour cette fois. C'est risqué, je sais. Je n'oblige personne à participer. Que ceux qui ne souhaitent pas en faire partie quittent cette table afin de ne pas être complices.

— Waouh, tu parles comme un agent secret, a remarqué Étienne. Ouais ! Un Agent Secret Sénior ! Tu vas nous faire des badges A.S.S. aussi ?

— La ferme, Étienne ! a chuchoté Isabelle. C'est sérieux, là ! Ce n'est pas une sortie ciné ! Faut pas laisser de preuves, sinon…

— J'ai dit, ai-je repris calmement, que ceux qui ne souhaitent pas en faire partie se lèvent et quittent la table.

Personne n'a bougé. Martine s'est tortillée sur sa chaise et a fait tomber sa canne qui était appuyée contre la table.

— Martine, ne te sens pas obligée. Personne ne t'en voudra, tu sais, lui ai-je dit avec un sourire compréhensif.

— Je veux vous aider, mais ce qui m'ennuie, c'est que vous n'avez aucune idée de l'issue de ce kidnapping. Comment va-t-il réagir ? Et s'il ne coopère pas ? Qu'allez-vous faire ? Je ne veux pas voir ça.

— Je comprends tout à fait. Et tu as raison. Nous ne connaissons pas encore la fin de l'histoire. Nous allons l'écrire au fur et à mesure. C'est pour cette raison qu'il nous faut être unis.

— Si tu veux Martine, proposa Étienne, tu peux nous aider en restant ici. Nous aurons besoin d'un A.S.S. aux Bleuets, tu seras nos yeux et nos oreilles, au cas où.

— Ça vous en fera deux paires dans ce cas, a annoncé Dominique. Je roulerai ici pour vous !

— Moi, je me propose en tant que chauffeur pour vos trajets, a proposé Denis.

— Pareil pour moi, a ajouté Louis.

— D'accord, a conclu Martine. Le rôle d'indic me plaît bien.

En deux heures de temps, les trois quarts du plan d'attaque étaient établis. Pour la fin… on avisera.

Lundi, 23 mars 2015

Le mercredi 18, Norbert a fêté son anniversaire avec nous. Il a amené un cubi de vieux rhum, des accras. En dessert, il nous a cuisiné sur place des bananes flambées. Un vrai délice ! Norbert est né en Martinique. Sa famille est restée là-bas. Il attend de pouvoir s'offrir un logement plus grand pour faire venir sa mère et sa tante. Pour l'instant, il vit seul dans un studio. Sa paie d'aide-soignant ne lui rapporte pas assez, donc, à ses heures perdues, il fait le gigolo en région parisienne. Bien sûr, Monsieur le directeur n'est pas au courant de ce détail. Norbert ne me l'a dit qu'à moi : un jour, alors qu'il levait les bras pour s'étirer, j'ai vu dépasser de son pantalon la ficelle d'un string panthère avec un nœud papillon rose fuchsia. Mes yeux se sont scotchés dessus. Norbert s'en est rendu compte. Il m'a fait un énorme sourire garni de dents blanches et est venu me dévoiler le pot aux roses.

— Je compte sur ta discwétion ma petite Zélia, hein ? m'a-t-il dit avec un accent antillais à faire rire un dépressif suicidaire. Tu es la seule au couwant ici, hihihi.

— Petit cachotier, lui ai-je répondu avec un clin d'œil.

— Hihihi, tu as l'œil, toi, hihihi ! Si tu veux, je te le pwête, hihihi…

— C'est sympa, mais je ne suis pas trop string… Je préfère les shortys en dentelle, tu vois…

— Pani pwoblem, j'ai, j'ai ! Hihihi… Tu veux quelle couleuwe ?

— Je te taquinais, voyons, Norbert…

— Nono… pou toi c'est Nono… Maintenant que t'as vu mon stwing on est amis, hihihi ! a-t-il dit en me resservant du rhum pour la troisième fois.

— Tu es adorable, Nono…

— Je sais, je sais…

— Monsieur le directeur ne vient pas trinquer avec nous, c'est étrange.

— Il fait du boudin, je cwois.

— Du boudin… antillais ? ai-je demandé en éclatant de rire.

— Hihihi… Vas-y molo sur le whum quand même, dit-il en me resservant une lichette. Non, il me fait la gueule, on diwait.

— C'est parce qu'il est jaloux… ou amoureux… ou les deux ? C'est fini entre vous ?

— Et dis donc… C'est qui la cachottièwe, là ? Comment tu sais ça ?

— Ouh là… Je ne peux pas le dire, secret professionnel, ai-je répondu. Il est costaud, ton rhum… Ouh là… Je parle trop… beaucoup trop…

— Tu ne nous as pas vus, quand même, dis ?

— Ah parce que vous avez fait ça dans son bureau comme avec Fa… merde !

— Tu es bourrée, ma Zélia. Je cwois hihihi !

Blaise aussi avait l'air éméché. Il dansait avec son verre à la main sur la musique antillaise autour des filles. Norbert s'est levé et a entamé un mouvement de hanches circulaire autour de Blaise pour le guider en rythme.

Étienne est venu les rejoindre sous les rires de Martine, d'Isabelle et de Dominique qui auraient bien aimé pouvoir en faire autant. Fabienne aussi était en forme, elle avait fait honneur au rhum de Norbert et avait les yeux qui brillaient.

— J'adore la musique antillaise, a-t-elle dit. Demain, je travaille en maillot de bain ! Youhou !

— Ah ah ! J'ai entendu, j'ai entendu ! s'est dépêché de répondre Étienne.

— T'emballe pas, mon gars ! a dit Jacques. Elle dit ça parce qu'elle a bu trop de rhum !

— Une fois sobre, faut toujours faire ce qu'on a dit qu'on ferait quand on était bourré ! C'est comme ça qu'on apprend à fermer sa gueule ! Ce n'est pas de moi, c'est d'Hemingway, et je suis d'accord avec lui !

Nous nous sommes tous vidés la tête cet après-midi-là. On a décompressé.

Seule Emeline ne s'est pas amusée. Elle est restée assise à nous regarder. Je me demande si, finalement, elle n'est pas plus stressée que moi par notre futur complot.

Emeline est impressionnante. Vendredi 20 mars, dans la matinée, elle m'attendait de pied ferme dans la grande salle. Elle tenait une enveloppe dans la main. Elle avait rédigé un message sur papier.

« *Olivier : ce rendez-vous était un test pour voir si je pouvais te faire confiance. Je te surveille de l'extérieur. Ne me cherche pas, tu ne me trouveras pas et tu risquerais de t'attirer l'attention sur toi. Si j'estime que tu es réglo, retrouve-moi le mardi 24 mars, 12 rue des Glycines, à Bernay derrière la pharmacie du centre-ville. Appartement cinquante-six, cinquième étage. À 14 h 30 précises. Zélia.* »

Le mardi 24 mars. C'est demain.

Demain, je vais revoir mon fils.

Mardi 24 mars 2015

10 h : nous sommes prêts. Chacun connaît son rôle.

11 h 30 : nous sommes les premiers au réfectoire. Pour ne pas éveiller de soupçons, Emeline ne mange pas avec nous.

12 h 15 : Emeline fait mine de se retirer dans sa chambre comme tous les jours, puis quitte les Bleuets. Louis l'attend rue des Martyrs, près de l'arrêt de bus, pour l'emmener à Bernay, 12 rue des Glycines. Félix l'accompagne.

13 h 15 : C'est à mon tour de sortir des Bleuets, avec Blaise et Étienne ; Denis nous conduit au point de rendez-vous.

13 h 30 : Denis et Étienne restent dans la voiture, aux aguets. J'arrive à l'appartement d'Emeline avec Blaise. La porte d'entrée s'ouvre sur une pièce d'environ 20 mètres carrés quasiment vide, peu éclairée. Les volets sont en quinconce et un filet de lumière pointe sur un vieux fauteuil en velours usé verdâtre. Louis se trouve dans la pièce d'à côté, une petite cuisine toute en longueur. Une table en formica est adossée à un pan de mur, autour de laquelle quatre chaises en bois attendent nos vieilles carcasses pour faire un dernier point sur la

situation. Sur le plan de travail fume une cafetière italienne. Nous allons en avoir besoin.

14 h : L'incessant balancement du pendule dans son cercueil en chêne massif nous emmerde.

14 H 15 : Je vais l'exploser, cette comtoise.

14 h 17 : Denis envoie un SMS sur le portable de Louis : « *Homme en approche.* »

14 h 18 : « *Fausse sceptique, c'est juste un témoin de Jéhovah.* »

14 h 19 : « *Suspension en vitre & l'olivine est # presse.* »

Louis répond : « *??...* »

Quelqu'un a essayé d'ouvrir la porte. Par précaution, Emeline l'avait fermée de l'intérieur. Elle m'a regardée, m'a fait un signe de la tête en direction de la porte d'entrée. 14 h 20.

Il avait dix minutes d'avance. Dix minutes de moins pour nous à tergiverser. Louis, Blaise et Félix restent en faction dans la cuisine qui sent le robusta. Ils me regardent tous comme si c'était la dernière fois qu'ils voyaient mon visage. Je ne ressens aucune angoisse, juste une sensation étrange de ne pas être dans mon propre corps, comme si j'agissais à la place de quelqu'un d'autre, comme un robot. J'obéis à l'apogée de ma destinée. J'arrive mentalement à faire abstraction de ma peur, l'angoisse de mes amis ne m'atteint pas, elle rebondit sur moi comme un boomerang. On ne se connaît vraiment soi-même que quand on fait face. Mille fois j'avais imaginé cet instant. Je l'avais inventé, rêvé, ignoré, espéré (pour en finir), repoussé, fui, craint. Je savais par cœur les mots qui sortiraient de ma bouche à cet instant, je les avais ressassés en boucle pendant toutes ces années. À 14 h 21, ce mardi 24 mars 2015, ils s'étaient envolés. Le plan. Suivre le plan. C'était la seule chose à faire.

— Qui est là ? ai-je demandé, au milieu de la pièce.

— Le Pape.

— Je t'ouvre.

Emeline, qui se tenait derrière la porte fermée à clé, a tourné lentement le verrou, a posé la main sur la poignée, a ouvert la porte dans un grincement surréaliste. Olivier a levé les yeux sur moi et s'est soudain rendu compte que, de là où je me trouvais, je n'avais pas pu ouvrir la porte ; il tourna la tête d'un geste vif vers sa gauche pour se prendre en pleine figure le haricot magique garni de la spécialité locale made in Emeline Vachier®. S'étant délestée du récipient, qui pour l'occasion agissait telle une sangsue, Emeline a donné le coup de grâce par un tir précis de Taser à l'abdomen. Le haricot est tombé sur le sol dans un bruit sourd de métal. Il était vide. Olivier, lui, devait être livide, mais on ne voyait plus son visage. Il s'est écroulé face contre terre, replongeant la tête dans le haricot magique qui l'accueillit à nouveau. Dans un minutage impeccable, Blaise et Félix ont surgi de la cuisine crasseuse, cordelettes à la main. Ainsi saucissonné, nous avons réussi à hisser mon fils sur le vieux fauteuil juste avant qu'il ne reprenne connaissance. Nous l'avons solidement attaché des pieds à la tête. Je vous épargne l'odeur : entre la mixture maison d'Emeline et les effets décontractants du sphincter par le Taser…

Blaise a jeté un seau d'eau sur la tête d'Olivier et dans la foulée, Félix lui a plaqué un morceau de tissu épais sur la bouche pour l'empêcher de crier.

Phase 1 terminée.

14 h 25 : (C'est fou tout ce qu'on peut faire en cinq minutes…). Emeline a fourni à chacun d'entre nous un masque anti-pollution jetable pour supporter l'odeur. Blaise et Félix se sont empressés de les enfiler. Moi, je n'en ai pas voulu. Je lui ai essuyé le visage avec une serviette humide et un gel lavant pour bébé. Le parfum doux de l'aloe vera parvenait tout de même à percer à travers l'exhalaison fétide. Olivier a pu rouvrir les yeux correctement, s'est mis à gesticuler dans tous les sens, s'essoufflant comme un taureau persécuté dans une arène. Il a ainsi pu vérifier la solidité des liens qui le clouaient dans ce fauteuil immonde.

Pendant ce temps, Emeline s'affairait à faire un peu de ménage.

— Tu n'as pas honte qu'une vieille dame essuie ta merde à ta place ? lui a lancé Blaise. Ah oui, c'est vrai, tu as l'habitude…

Les yeux d'Olivier ont lancé des flammes sur Blaise, et un « fahvchtegourche !» a tenté une sortie vocale à travers le bout de tissu imbibé de morve.

— Toi-même, et met-le donc au pluriel, a répondu Blaise sur un ton de ritournelle enfantine.

Félix a ramené les chaises de cuisine, nous nous sommes assis face au terroriste, sauf Emeline qui est restée en retrait, les bras croisés. Elle n'aurait pas été ridicule aux côtés de Stallone & Co dans un énième Expendables.

— Calme-toi, après tu causeras, a ordonné Emeline à l'attention d'Olivier.

Et moi, dans tout ça ? Rien. Rien de rien. Aucune émotion. Juste une envie : envie d'en finir avec lui. Maintenant qu'il était là, en face de moi, cet homme de 58 ans, ce fils non désiré, insoupçonné… J'aurais voulu ne l'avoir jamais connu. Je ne culpabilisais plus d'avoir été une mauvaise mère. Je ne concevais plus de me sentir responsable de tout ce que cet homme avait fait de mal dans sa vie. On est tous capables un jour ou l'autre de choisir ce que l'on veut accomplir, de faire le point avec soi-même. À bientôt soixante ans, cet homme n'avait pas atteint ce stade de rédemption. Je ne pouvais plus rien pour lui. Ç'a été comme un déclic.

C'est moi qui lui ai retiré son bâillon.

— Je t'écoute.

— T'as pas compris mes anciens messages ? Ils étaient pourtant assez explicites, je trouve… — Je ne te dois rien.

— Héhé, a-t-il ricané. Toi, non, bien sûr, tu n'as jamais rien eu : tu t'es contentée de te servir dans la caisse dès que papa est mort !

— J'ai pris ce qui me revenait de droit. Toi, tu n'as droit à…

— Oui, bla bla bla… Tu vas me sortir les détails de ta soirée romanesque et vouloir me la jouer « ton père n'est pas ton père » … C'est d'un classique, ton histoire ! D'un ennui mortel ! Déjà, j'ai trouvé ça barbant quand Madeleine m'a déblatéré toute cette merde…

— Madeleine ?

— Ah… on dirait que je n'ai pas assez bien joué mon rôle du petit Poucet…

— Mais… Pourquoi Madeleine ?

— T'étais encore pas là quand je suis passé… Et puis, t'avais bien pourri ma vie, chacun son tour, maman chérie !

— Tu es vraiment qu'une ordure… ai-je dit en baissant les yeux.

Je pensais qu'il ne pouvait plus m'atteindre, mais la liste de ses crimes s'allongeait encore. Même Madeleine. La pauvre… Il avait dû l'étouffer sur la balancelle après qu'elle avait eu essayé de l'attendrir en lui parlant de Paulin.

— Qu'est-ce que tu veux, à la fin ?

— Ah ah ! s'est-il esclaffé. Ce que je veux ? Tu as Alzheimer en plus d'être sourde ?! Je veux la totalité de la vente de l'Auberge en liquide, majorée de l'inflation depuis 1991. Et ne me sors pas ton baratin d'héritage bafoué par les liens biologiques. Rien à foutre. Et si tu crois que ta bande de joyeux lurons octogénaires me fait peur… J'ai un tas de potes qui demandent que ça de casser du vieux.

— Tu sais ce qu'ils te disent, les vieux ? lui a hurlé Félix dans l'oreille, tout en lui tirant le même appendice avec une délicatesse bestiale. Pouah ! Qu'est-ce que tu chlingues ! T'as bouffé de la merde ou quoi ? Ah oui, c'est vrai, j'avais oublié… Sûrement mon pote Alzheimer qui fait encore des siennes. T'as de la chance, c'est de la bio : monsieur est gâté. Tu es qu'un assassin et un terroriste, c'est tout ce que tu mérites !

— Tu dois te rendre à la police, lui ai-je dit, mettant fin à la tirade injurieuse de mon ami.

— Oh, oui ! Pitié, je vais tout avouer : les attentats, mes complices, le poids de toute cette culpabilité est trop lourd pour moi. Ah ah ! On est à une téléréalité, c'est ça ? Messieurs-dames : Bienvenue à notre nouvelle émission : Les Justiciers séniles !

— Tu dois te rendre à la police, ai-je répété.

— Plutôt crever. Et tu viendras avec moi.

— On va te laisser jusqu'à 18 h pour réfléchir, a dit Emeline. Il est vieux, mais il est plutôt confortable, ce fauteuil. C'est une valeur sûre. Félix, bâillonne-le.

Félix ne se le fit pas répéter deux fois. Louis a envoyé un SMS à Denis : « *Vous pouvez monter.* »

Phase 2 terminée.

15 h 15 : Nous voilà chez Louis pour la préparation de la troisième phase. Denis et Étienne ont pris le relais dans l'appartement, afin de surveiller l'énergumène, Taser en main.

16 h : Louis prend des nouvelles auprès de Denis :

« *Tout va bien ?* »

« *Oui, suspension en place, mais quel odoriférant !* »

« *Denis, je t'ai expliqué comment enlever l'écriture intuitive… appui long sur la touche dièse et vire le T9* »

« *Oui, c'est frais.* »

18 h : nous voilà revenus au 12, rue des Glycines.
L'odeur a envahi le couloir. Heureusement, j'avais prévu
et j'ai sorti mon vaporisateur de sac rempli de mon
parfum préféré, L'Instant, de Guerlain. Quelques notes
de jasmin et de bergamote réussirent à empêcher la
nausée de nous submerger.

Denis a été ravi de nous voir enfin le remplacer. Il est
sorti s'aérer. Félix a débâillonné Olivier. Nous avons
repris nos places sur les chaises.

— Quelle est ta décision ? a demandé Emeline,
impassible.

— Pitié, j'ai peur, vous êtes trop forts, je tremble…
pleurnicha Olivier d'une toute petite voix, suivie d'un
grand éclat de rire démoniaque. Laissez-moi régler mes
comptes avec Zélia et barrez-vous finir votre tricot et
votre tisane à la camomille. Je l'emmène avec moi à une
banque et c'est terminé.

— Zélia n'ira nulle part avec toi. Et à mon humble avis,
tu vas préférer la case prison sans passer par la case
jackpot.

Emeline lui présenta notre petit court métrage via une
tablette numérique. On y voyait Olivier attaché, le visage
recouvert d'excréments, puis un autre gros plan avec le
visage nettoyé. Et puis cette phrase :

— Pitié, je vais tout avouer : les attentats, mes complices, le poids de toute cette culpabilité est trop lourd pour moi.

— Ouais et alors ? Y a rien de concret là-dedans, les flics ont que dalle avec ça, bande de vieux nazes…

— Qui te parle des flics ? a demandé Emeline. Cette vidéo tourne en boucle sur le net depuis… environ 30 minutes. Tu sais, c'est assez efficace pour retrouver de vieilles connaissances. C'est bête, j'avais pas ton adresse mail pour aider tes potes casseurs de vieux à te contacter… Du coup, j'ai mis directement l'adresse d'ici. Tu ne m'en voudras pas, hein ? J'ai également précisé que tu fournirais toutes ces infos demain matin à la première heure.

— Pff. Vous pensez m'impressionner… On n'y croit pas une seconde à votre vidéo. Je parie que vous avez encore vos minitels…

— À ton avis, Zélia… Les prochains à ouvrir cette porte seront plutôt les flics ou ses chers amis d'enfance ?

— Alors là… aucune idée. Je pense qu'on n'a plus qu'à aller écouter les infos, car je n'ai pas envie d'être ici quand l'un ou l'autre arrivera…

— Ouais, en plus il commence à faire faim, vous ne trouvez pas ? a demandé Félix.

— Déjà qu'on a loupé l'épisode 1 de « Séniorite-Aiguë.com » … a regretté Étienne, l'air déçu.

— Nouvelle série ? a demandé Blaise.

— Oui, à 18 h, c'était l'épisode pilote. Ça avait l'air bien, mais on l'a raté… a répondu Étienne en faisant la moue.

— Pas grave mon pote, je vais te le retrouver en streaming sur speed-coursd'eau.com !

Nous avons tous repris la direction de la porte, intrigués par cette nouvelle série prometteuse.

— Non, mais attendez… Vous êtes des gros malades ! Vous allez pas me laisser croupir ici ?! Ça fait des heures que je suis attaché, vous allez me détacher illico sinon…

— Sinon quoi ? ai-je contré d'un ton condescendant. Que peux-tu donc faire de pire encore ? Puisque tu ne veux pas te rendre, on va laisser le destin choisir la justice que tu mérites. Moi, j'en ai assez de me tromper. Félix, bâillonne-le.

— Avec plaisir. Agent Z.

— Putain, je vous préviens, je vais vous fahvchtegourcheuummmmmm !

— Tu es au max de ta capacité à communiquer, là ? Plus de son et maintenant plus d'image ! Conclut Emeline en sortant et fermant la porte définitivement.

3e et dernière phase terminée.

Mercredi 25 mars 2015

8 h 48 : « *Instantané RTL : (tin tin tintintin) :
Actuellement, intervention du GIGN à Bernay dans
l'heure. Par suite d'une plainte pour tapage nocturne de
la part du voisinage, quatre agents de la Police nationale
se sont rendus à trois heures du matin dans un
appartement rue des Glycines. Deux d'entre eux seraient
allés frapper à la porte de l'appartement en question.
N'ayant pas obtenu de réponse, ils auraient défoncé la
porte et, depuis, aucune nouvelle de ces deux policiers.
Les deux autres policiers qui étaient restés en faction
devant l'immeuble ont tenté le dialogue par talkie-walkie
sans aucun résultat. Nous sommes sur place... Je vais
tenter d'en savoir un peu plus...*

— Monsieur l'agent, s'il vous plait... Oui... pour nos
auditeurs... Avez-vous des nouvelles de vos deux
collègues ? Pourriez-vous nous en dire un peu plus ?

— Eh bien, disons que nous intervenions pour un
contrôle de routine par suite d'une plainte pour tapage
nocturne. Mes collègues ont essayé d'interpeller les
locataires de l'appartement sans résultat.

— Les voisins ont également entendu le bruit d'une porte
défoncée, pouvez-vous développer un peu plus ?

— Eh bien, disons qu'après plusieurs sommations sans réponse et d'après la dernière information via le talkie-walkie, une odeur pestilentielle a alerté mes collègues sur une éventuelle présence à l'intérieur de corps en putréfaction, mais nous n'en savons pas plus pour l'instant.

— Pourquoi le GIGN ?

— Eh bien, disons que nous pensons que nos collègues sont en mauvaise posture. Ah attendez …

— Chers auditeurs, le policier reçoit peut-être une information cruciale via son oreillette à l'instant même… Nous allons bientôt en savoir plus, en direct sur RTL…

— Une bonne nouvelle, monsieur l'agent ?

— Eh bien, disons que… on me demande de me taire immédiatement…

8 h 59 : *(tin tin tintintin) J'ai 42 ans et je suis passée de la taille 44 à la taille 38 grâce au programme comme j'*…

— La vache ! a chuchoté Blaise. Carrément le GIGN ! On n'a pas fait les choses à moitié !

— Deux policiers en otage… Ça ne s'arrêtera donc jamais…, ai-je dit, effondrée.

— Pas de panique, Zélia, m'a réconfortée Isabelle. Ils sont super efficaces au GIGN.

— Et les policiers… ils sont policiers ! Ils savent sûrement comment réagir dans ces situations-là ! » a complété Martine.

9 h 12 : « *Instantané RTL : (tin tin tintintin) : Nous apprenons à l'instant que les policiers sont effectivement pris en otage par un groupe armé...*

— Un GROUPE ? S'est exclamé Étienne.

— CHUUUUT !!! »

— *… un taxi qui les emmènera à l'héliport le plus proche ou ils devront être acheminés à un endroit non communiqué de leur choix, dans moins de deux heures. Dans le cas contraire, les otages seront exécutés. Voilà leurs exigences. Pas d'autres revendications, nous ne savons toujours pas qui sont ces preneurs d'otages, ni le mobile de leur action. L'appartement appartient à une octogénaire qui, par chance, n'y habite plus depuis quelques semaines. En effet, afin de ne pas la laisser seule, sa fille l'a placée provisoirement à la maison de retraite Les Bleuets, suite à une mission humanitaire en Islande. Nous sommes tous soulagés ici de savoir en sécurité cette personne âgée en perte d'autonomie. Imaginez un peu si cette pauvre femme de presque 80 ans était également retenue en otage ? Que veulent-ils ? Ont-ils squatté cet appartement vide pour en faire le rendez-vous d'un trafic d'armes ou de substances illicites ? Nous* *en saurons plus dans les minutes qui suivent... Restez sur RTL...*

(tin tin tintintin) « *Tu ne devineras jamais ce qu'il m'est arrivé l'autre jour, en pleine réunion, j'avais le ventre ballonné... Ça m'a échappé devant tout le monde...* »

— VA CHIER ! Journaliste de merde ! s'est énervée Emeline. Non, mais vous avez entendu comment il ose parler de moi ?

— Laisse tomber Emeline, a tenté de la calmer Jacques. Il meuble parce qu'il n'a rien d'intéressant à dire.

— TU SAIS CE QU'ON FAIT QUAND ON N'A RIEN À DIRE ? s'est remis à crier Emeline.

— Oui, oui, oui ! On sait, on sait !

10 h 08 : Rien de neuf. Le GIGN avait infiltré le bâtiment, mais n'était, pour l'instant, pas intervenu.

10 h 59 : Conformément à la demande des terroristes, un taxi est arrivé au bas de l'immeuble. À partir de là, tout s'est passé très vite : deux hommes cagoulés, tenant chacun en joue un policier mains liées et bâillonné, sont sortis de l'appartement. Arrivés au rez-de-chaussée, ils ont tenté d'approcher le taxi, mais les hommes du GIGN ont fait ce qu'ils savent faire de mieux : ils n'ont pas loupé leurs cibles. Ils ont juste commis une petite erreur tactique : Olivier avait été détaché du fauteuil et n'était pas sorti en même temps que ses comparses.

Une fois les deux malfrats à terre et les policiers accaparés par un débriefing à chaud, il a surgi de l'immeuble et s'est engouffré dans le taxi en hurlant au chauffeur de démarrer s'il tenait à sa vie. N'ayant même pas 30 ans, il se dépêcha d'obtempérer. À priori, ils fonçaient vers l'héliport situé à 38km de Bernay, à Corneville-sur-Risle. Olivier était en fuite avec un otage et il ne lui ferait pas de cadeaux. Je devais trouver un moyen de l'arrêter, mais de quelle façon ? Malgré tous nos efforts, notre plan « Mygale » avait échoué. Mygale… comme l'araignée, celle que représentait le drone explosé dans la cour des Bleuets, celui que l'ami de Julien, Remy, m'avait envoyé pour me livrer une webcam…

— Louis, vite, trouve-moi le numéro de téléphone de la société Equateur.com !

Moins de deux minutes plus tard, j'étais en ligne avec une standardiste :

— Équateur, bonjour ! Je…

— Bonjour mademoiselle, passez-moi Remy, s'il vous plait, c'est urgent !

— Bonjour madame, Lucille à votre service, que puis-je pour vous ?

— Passez-moi Remy, c'est très urgent !

— Monsieur Remy n'est pas disponible pour l'instant, puis-je vous passer le service…

— PASSEZ-MOI REMY IMMÉDIATEMENT ! Dites-lui que Z veut lui parler et que c'est une question de vie ou de mort, merci !

— Madame, je vous dis que monsieur Rem…

— Je vous promets, mademoiselle, que vous effectuez votre dernière heure à votre poste si vous ne me passez pas Remy dans la minute qui suit. Après 30 secondes de silence, Remy a pris le combiné.

— Allo ? Z ? Pourquoi vous m'appelez ici ?

— Remy, nous avons besoin de toi et de tes drones immédiatement. C'est une question de vie ou de mort. Il y a un attentat en cours en ce moment même avec prise d'otages. Je n'ai pas le temps de rentrer dans les détails. Envoie tous les drones que tu as à l'entrée de l'héliport de Corneville. Combien tu en as ?

— Mes drones ? J'en ai plus que sept… Mais pourquoi ?

— Plus tard, Remy, c'est TRÈS urgent ! Il faut que tu les envoies maintenant ! C'est moi qui compte sur toi, maintenant.

— Ok, ok… Mais ils doivent livrer quoi ?

— Des clous ! Fais-leur lâcher le plus de clous possibles à l'entrée de l'héliport. Cette fois, tu récupéreras tes drones.

— Ok, ok ! Ils partent dans 3 minutes maxi !

11 h 38 : « *Instantanée RTL : (tin tin tintintin) : Une vraie partie de rodéo-cascade vient de terminer la fuite du preneur d'otages mystère à l'entrée de l'héliport de Corneville. Les deux hommes n'ont pas eu le temps de reprendre leurs esprits après les tonneaux impressionnants du taxi ; les membres du GIGN ont réussi à les extraire de la voiture qui a atterri sur le toit après de multiples roulés-boulés... Attendez... oui ... on m'apprend à l'instant qu'un des deux hommes n'a pas survécu alors que l'autre semble être dans le coma. Apparemment, des centaines de clous ont été déversés sur le chemin de l'héliport, ce qui semble être la cause de cet accident tragique. En ce qui concerne les deux policiers pris en otage dans la matinée, on m'informe qu'ils vont bien, ainsi que leurs deux ravisseurs qui s'avèrent être des terroristes recherchés depuis de nombreuses années. Que s'est-il exactement passé dans cet appartement ? Règlement de compte ? Assassinat ciblé ? L'enquête nous le dira très prochainement. Monsieur l'agent, avez-vous quelque chose à ajouter ?*

— *Eh bien, disons que... non.*

— *Eh bien, merci Monsieur l'agent, et nous souhaitons un prompt rétablissement à vos collègues.*

(Tin tin tintintin) : ... Sécurité routière : Tous responsables.

À cet instant, je ne savais pas qui avait succombé lors de l'accident de voiture sur le tarmac. J'espérais de tout cœur que le jeune chauffeur de taxi était en vie.

Malheureusement, ça n'a pas été le cas. Olivier avait réussi à se mouvoir pendant les tonneaux car il ne s'était pas attaché, alors que le chauffeur a été littéralement écrasé sur son siège. Je me console en me persuadant qu'il était mort sur le coup et que, de toute façon, à partir du moment où il avait été à la merci de mon fils, ne s'offraient à lui que deux possibilités : mourir ainsi ou d'une balle dans la tête dans le meilleur des cas.

Bonne nuit.

Vendredi, 27 mars 2015

L'identité d'Olivier fut établie à l'hôpital. Tellement focalisées sur ses précédents méfaits, les autorités n'ont pas recherché, dans un premier temps, de lien de parenté quelconque. À 58 ans, on est censé être responsable de ses actes.

J'ai donc dû aller me dénoncer. J'avais pensé faire une petite parade théâtrale du genre : « Bonjour ! Je suis la femme qui a engendré ce monstre ! C'est moi qu'il a voulu assassiner et c'est mon ami Renaud qui est mort à ma place aux Bleuets, vous vous souvenez ?», mais je me suis contentée d'un « Je suis la mère de cet homme. », prononcé d'une voix neutre aux hommes en faction à l'entrée de sa chambre d'hôpital. Le dos voûté, l'air las, j'en ai ajouté des tonnes. Eh oui… Sinon comment vouliez-vous que j'entre dans cette chambre ?

Dans le couloir qui menait à la chambre 127, j'ai croisé un jeune garçon d'environ 10 ans affairé sur son écran, les doigts convulsés frénétiquement sur les touches de sa console. J'allais passer devant lui sans m'arrêter lorsque j'ai aperçu une larme tomber de sa joue sur son écran, suivie d'un reniflement productif.

— À quoi tu joues, dis-moi ?

— Assassin's Creed.

— Et c'est triste comme jeu ? C'est pour ça que tu pleures ?

— Non, c'est un jeu de guerre. C'est pour de faux. Je crois que ma mamie va mourir aujourd'hui.

— Oh, c'est triste oui… Tu l'aimes beaucoup toi, ta mamie ?

— Oui, je crois… Mais maintenant, elle me fait peur.

— Je comprends. C'est difficile pour toi. C'est pour ça que tu n'es pas auprès d'elle ? Tu en as peur ?

— Je suppose, oui… a-t-il dit, les yeux baissés.

— Tu vois, moi, c'est plutôt ton jeu de guerre qui me ferait peur, je crois. Brrr… rien que le titre me fait froid dans le dos. Tous ces gens qu'il te faut tuer et ces innocents qui vont mourir…

— Oui, mais c'est pour de faux, t'inquiète, c'est pas important.

— Alors que ta mamie, c'est pour de vrai.

— Ouaip.

— Mais tu as trop peur pour aller la voir une dernière fois.

— C'est surtout ma maman qui a peur : elle dit qu'ici ce n'est pas un endroit pour moi. Que ce serait trop triste de voir ma mamie dans l'état où elle est et que je risque d'être choqué.

Je prends la boite du jeu vidéo qui dépasse de son petit sac à dos.

— Ta maman n'a pas peur que tu sois choqué de jouer à un jeu interdit aux moins de 18 ans ?

— Elle ne sait pas trop à quels jeux je joue, elle n'y connaît rien. Ça ne l'intéresse pas.

— Comment tu t'appelles ?

— Colas.

— Enchantée, Colas. Je m'appelle Zélia et j'ai 80 ans.

— Whaaa ! T'es aussi vieille que ma mamie !

— Dis-moi Colas, tu me sembles être un garçon plutôt courageux, qui n'a pas froid aux yeux, non ?

— Bof… ça dépend des fois.

— C'est quand la dernière fois que tu as eu peur et que tu as été super courageux ?

— Mmmhhh…. Ah oui ! À Disneyland ! Au Space Mountain ! Tu connais ?

— Non, raconte-moi un peu…

— Déjà, tu fais la queue pendant deux heures, après, tu montes dans un siège et ça te propulse dans le noir à une vitesse incroyable !

— Ouhlà … Ce n'est pas pour moi ! J'aurais trop peur !

— Ah ouais… Il y a une limite d'âge pour y aller. Toi, tu pourrais plus.

— Sûrement, oui. Dis donc, tu m'impressionnes d'avoir osé monter dans ce manège !

— Ouais, c'était trop bien ! s'est-il extasié avec un grand sourire en battant des pieds sous sa chaise en se remémorant ce bon souvenir.

— Moi, tu vois, à ta place, j'irais raconter de nouveau cette merveilleuse histoire à ta mamie. Comme tu viens de le faire pour moi. Là, maintenant, tout de suite.

— Mais nan, elle va rien comprendre.

— Peut-être que tu as raison, oui, c'est fort possible effectivement. Mais je peux t'assurer qu'elle entendra le son de ta voix et que cela la rendra très heureuse. Peut-être même qu'elle te fera un sourire !

— Carrément ? s'est-il étonné.

— Va savoir… il faut essayer. Maintenant que je te connais un peu mieux, je sais que tu peux trouver le courage de pousser cette porte et de t'asseoir sur le siège comme pour aller à Space Mountain !

— Mais ma mère, elle veut pas !

— Je suis certaine que tu ne lui as pas demandé son avis pour jouer à ce jeu. Je me trompe ?

— Bah nan.

— Alors fonce. Après, tu seras fier de toi. Et moi aussi. Tu sais, les adultes n'ont pas toujours raison, parce que souvent ils oublient qu'ils ont été enfant.

— Et toi, tu viens voir qui ?

— Mon fils.

— Il est malade ?

— Oui, on peut dire ça. Il est dans le coma. Il dort un peu trop profondément, il n'arrive pas à se réveiller.

— Ah, donc tu viens le voir pour le réveiller ?

— Tu penses que je peux réussir ?

— Ah oui ! Il doit bien t'aimer, ton fils, il doit avoir envie de te revoir, alors il va forcément se réveiller !

— Pourquoi tu penses que mon fils doit bien m'aimer ?
Tu ne le connais pas après tout !

— Non, mais tu me parles comme si j'étais ton fils ! Tu
as sûrement dû faire pareil avec lui quand il était petit et
moi, je t'aime bien déjà.

Colas m'a serré dans ses bras, comme pour prendre le
courage nécessaire de franchir cette immense porte
devant lui qui allait le mener à sa grand-mère et à sa
mère.

— Allez, vas-y mon grand. Va voir ta grand-mère avant
qu'il ne soit trop tard. Tiens-lui la main. Et surtout,
n'oublie pas : pendant que tu lui parles, regarde-la
sourire. C'est cette image-là que tu garderas d'elle.

— D'accord. Et toi, va réveiller ton fils.

— Marché conclu !

Il me fut plus difficile de mentir à ce petit garçon que je
connaissais à peine que d'étouffer Olivier avec son
oreiller.

Lundi 30 mars 2015

Le weekend-end a fait place à d'autres informations plus tragiques les unes que les autres, entre menaces terroristes islamiques et actes pédophiles en tout genre. La conclusion de l'affaire de la prise d'otages à Bernay est passée au journal télévisé de samedi en troisième position. Le troisième terroriste, responsable de la mort d'un jeune chauffeur de taxi, n'avait pas survécu et était décédé pendant son coma.

Le mercredi soir, après le succès de la mission Mygale, l'équipe des petits Bleuets du 12, rue des Glycines s'était réunie chez Louis, afin de faire un débriefing pour retrouver une tension artérielle normale après quelques verres bien mérités. Même Emeline était de la partie. Une fois rentrée aux Bleuets, elle s'excusa de son comportement merdique auprès de Martine et d'Isabelle.

Qui l'eût cru ?

Lundi 6 avril 2015

La pièce de théâtre avance à grands pas. Amélie des Jacinthes chapeaute les scénettes avec excellence. Les publicités sont en route : Fabien, le journaliste, fait passer des spots sur la radio locale et le journal télévisé régional nous a même fait l'honneur de présenter notre projet. L'équipe des petits Bleuets (toujours avec Emeline) n'a pas eu de mal à créer quelques scènes de vies quotidiennes inspirées de la vie tumultueuse aux Bleuets. Entre les parties de tarot à 8 ou 10, la fugue avec Robert Redford et Barbara Streisand, le drone, etc. et même les paquets-cadeaux odorants d'Emeline, il y avait de quoi faire pour amuser la galerie ! L'humour ayant ses limites (quoique…), je n'ai pas proposé l'idée du confessionnal. Elle sera superbe, cette représentation. Je n'en doute pas.

Hier, les conditions météo étaient idéales pour le baptême de saut en parachute de Blaise. Nous l'avons tous encouragé, car, avant le décollage, Blaise était à deux doigts de se désister. Le moniteur qui allait sauter avec lui a réussi à le mettre en confiance avec sa bonne humeur et son professionnalisme.

— Allez, mon ami ! Après, vous allez être fier de vous, vous allez épater tous vos amis. N'ayez aucune crainte, c'est la cinquante-huitième fois que je fais faire un baptême de ce genre. Croyez-moi : pas un seul n'a regretté !

— Bah oui, s'ils sont tous morts… a chuchoté Blaise.

— Pense à la photo que tu vas mettre dans ton beau cadre doré à l'or fin ! a dit Isabelle.

— Allez, vas-y Blaise ! Fais le grand saut ! Tu nous raconteras la tête qu'on a, vus d'en haut ! l'a encouragée Dominique.

— Allez, Blaise ! Va péter dans les airs ! Veinard ! a hurlé Étienne. Ne lâche pas ton partenaire ! Ne te prends pas pour Batman !

Fabien était venu filmer l'évènement. À la réception de Blaise, il l'a questionné sur ses impressions à chaud :

— Blaise, qu'avez-vous ressenti pendant la chute ?

— Et bien, disons que… c'est la première fois que j'étais ravi d'avoir une paire de couilles au cul !

ooo

C'est bientôt mon anniversaire. Je suis enfin libre dans ma tête. J'ai de nouveaux amis et tué mon fils.

Je suis en haut du grand escalier. Je me retourne et je n'y vois… que du passé. Je ne suis peut-être pas encore sur la dernière marche après tout. Mais au moins, je suis prête.

FIN ;-)